Las vidas que te prometí

Las vidas que te prometí

Susana Rizo

Primera edición en esta colección: noviembre de 2018
Segunda edición: abril de 2024

© Susana Rizo, 2018
© de la presente edición: Plataforma Editorial, 2018

Plataforma Editorial
c/ Muntaner, 269, entlo. 1.ª – 08021 Barcelona
Tel.: (+34) 93 494 79 99 – Fax: (+34) 93 419 23 14
www.plataformaeditorial.com
info@plataformaeditorial.com

Depósito legal: B. 25.240-2018
ISBN: 978-84-17622-02-2
IBIC: FA
Printed in Spain – Impreso en España

Realización de portada:
Ariadna Oliver

Diseño de cubierta:
Grafime

Fotocomposición:
gama, sl

El papel que se ha utilizado para imprimir este libro proviene
de explotaciones forestales controladas, donde se respetan
los valores ecológicos y sociales, y el desarrollo sostenible del bosque.

Impresión:
Podiprint

Reservados todos los derechos. Quedan rigurosamente prohibidas,
sin la autorización escrita de los titulares del *copyright*, bajo las sanciones establecidas
en las leyes, la reproducción total o parcial de esta obra por cualquier medio o procedimiento,
comprendidos la reprografía y el tratamiento informático, y la distribución de ejemplares
de ella mediante alquiler o préstamo públicos. Si necesita fotocopiar o reproducir
algún fragmento de esta obra, diríjase al editor o a CEDRO (www.cedro.org)

A mamá
A mi gran familia

... y a todos nuestros mayores

Prólogo

TAL VEZ una de las mayores aniquiladoras de la felicidad sea la soledad, y cuando se llega al final del camino es mucho más difícil convivir con ese desamparo. Nuestra sociedad occidental, afanosa por mantener el bienestar, trata, paradójicamente, de disfrazar u ocultar esa realidad que es la vejez. Por esa razón decidí emprender la escritura de este libro, y el impulso definitivo me lo dio un proyecto que estaba llevándose a cabo en una residencia de Estados Unidos, en la que se instaló una guardería para que niños y ancianos convivieran. Existe un maravilloso documental llamado *Presente Perfecto*, realizado por Evan Briggs, que testimonia esa novedosa y positiva experiencia.

Mediante el afecto, la comprensión, la amistad, la esperanza, la alegría o la tristeza, las siguientes páginas pretenden rendir un pequeño homenaje a todos nuestros mayores. Debo aclarar que aquellos enclaves y escenarios que he recreado, así como el guion y los personajes que aparecen en esta novela, son fruto de la ficción.

Quiero expresar mi más sincero agradecimiento a Colleen Farrell, del Intergenerational Learning Center de la residencia Providence Mount St. Vincent, en Seattle, por la documentación que me proporcionó y que me inspiró para esta historia. Me gustaría agradecer también la confianza, el apoyo y los valiosos consejos de Sergi Boadella, David Bowman y Fran Nieto. Y, muy especialmente, a Eduardo Garrido, por todo.

Susana Rizo
24 de junio de 2018

PRIMERA PARTE

«Si pudiera volver atrás, trataría de tener solamente buenos momentos. Por si no lo saben, de eso está hecha la vida, solo de momentos.»

Nadine Stair

La curiosidad vive en su mirada

La anciana mira con determinación la cuartilla en blanco que tiene ante sí. Fuerza el trazo hasta conseguir enderezar la caligrafía para evitar desvelar su incipiente temblor. Lo que se ha propuesto es lo más importante que va a hacer en su vida, justo cuando creía que ya todo estaba concluido. A veces le parece como si los pensamientos se deshilacharan, incapaces de hilvanar una sola frase. Ingrid no puede permitirse esa dispersión. No ahora. Necesita tener de su parte la serenidad y controlar esas emociones que le restan razón. No debe esperar a que sus profundas heridas se mitiguen con el tiempo. Hace mucho que este dejó de ser su aliado, y ahora, en el ocaso, es cuando toma conciencia de que no existe ningún control sobre ese eterno movimiento que se llama vida ni sobre sus acontecimientos. Queda resignarse o construir, aunque sea sobre ruinas. Con esfuerzo se levanta de su silla y se dirige hacia el ventanal. Tras las lluvias, los amaneceres solían ser silenciosos y placenteros. Hoy va a ser uno de esos días claros y luminosos. Tiene un nudo en el estómago, el mismo que no la ha dejado dormir en toda la noche. Pero no va a permitir que la desolación la lleve por caminos ya conocidos y estériles. Este día, esta luz otoñal..., ¿no debería acaso premiarla con un último regalo? Ella lo merece. Max lo merece.

Le había hecho una promesa a su amigo, y pensaba cumplirla. Ese niño le enseñó que todavía existían lugares sin estrenar en un corazón viejo como el suyo.

Todo tendría que ser posible hoy.

Ingrid se sienta de nuevo, con aceptación y entereza, y sigue escribiendo.

«La curiosidad vivía en su mirada.»

Tacha y empieza de nuevo. Se resiste a hacerlo en pasado.

«La curiosidad vive en su mirada...»

Seis años antes

OTOÑO

Ingrid

INGRID RECORDABA bien los pasajes del capítulo final. Era la tercera vez que leía ese libro. Se incorporó y dejó las gafas de pasta sobre la mesilla. En su habitación había un gran ventanal a través del cual podía ver la hojarasca acumulada que doraba las aceras. A menudo dejaba volar los pensamientos mientras observaba aquel ritmo incesante que proseguía en las calles, aunque desde el alféizar donde ella se encontraba todo parecía haberse detenido. Esas divagaciones la llevaban casi siempre al pasado. Uno real, el de los recuerdos, y otro inventado, aquel que no llegó a vivir más que en su imaginación.

Se contempló las manos y recordó perfectamente lo suaves y finas que habían sido. Costaba reconocerlas detrás de los engrosados nudillos y las venas azuladas que recorrían tortuosamente su delicada piel. Nunca se era lo suficientemente consciente de que un día la única manera de hablar sería usando el pasado: «Yo iba», «Yo solía», «Yo era»...

A sus setenta y ocho años era una de las personas más jóvenes de la residencia y mantenía una salud razonablemente buena. A diferencia de muchos de sus compañeros, para vestirse y acicalarse no necesitaba la ayuda de Magda, la simpática y grandullona enfermera mulata que alegraba a todos con su mera presencia. Aquel día, Ingrid se puso su rebeca favorita, la violeta, que combinaba perfectamente con unos cómodos pantalones anchos que últimamente le gustaba llevar. Se arregló el pelo plateado y lo sujetó en una coleta baja. Demasiado largo, pensó. Enderezó la postura para disimular una espalda arqueada que, al poco, retornó, irremediablemente, a su posición inicial. Pese a ello, era una mujer de porte estilizado y elegante. Sus facciones angulosas y los ojos oscuros y escrutadores revelaban inteligencia. Poseía una mirada cándida que contrarrestaba su recia apariencia.

En su habitación había muchos libros. Algunos asomaban sus lomos de piel y gasa, propios de las viejas ediciones. También había varias fotografías repartidas por los estantes y, sobre una cómoda, recuerdos estáticos que palidecían lentamente. Certezas con las que era difícil convivir. Ya no le quedaban familiares y no había tenido hijos. Su marido también se había ido hacía un tiempo.

Al principio le preguntaban por qué había decidido entrar en una residencia para la tercera edad siendo ella, como era, autosuficiente. La respuesta era siempre la misma: los armarios vacíos. Objetos, olores. Voces que ya no volvería a escuchar. Renglones de una historia concluida. La ausencia de esa banda sonora de detalles que habían configurado su vida iba arrebatando, lacerante y silenciosamente, pedazos de su alma. Fue entonces, antes de que la melancolía la aniquilase, cuando decidió vender su casa e ingresar en la residencia.

Solo se llevó lo esencial. En ese nuevo escenario apaciguaría los ecos del pasado y podría preparar su mente para una partida serena, que ella intuía próxima. No es que quisiera olvidar. Lo que deseaba era reconciliarse con su dolor. Ingrid siempre había sido reservada y algo taciturna, pero la cercanía con otras personas, muchas solas como ella, la reconfortaba. Sin ser demasiado consciente, obraba ya como una superviviente. Pero, a pesar del inmenso cariño de sus cuidadores, los días lentos y aciagos le fueron restando la luz de la mirada, que había sido su seña de identidad.

Hay demasiados recuerdos en esa habitación. Demasiado pasado sin futuro. O eso es lo que creía Ingrid.

Se dirigió con pasos vacilantes a la sala común, donde sus compañeros de la residencia solían pasar la mayor parte del día. Era una amplia estancia plagada de sillas antiguas y paredes forradas en madera de nogal. Todos la llamaban la Sala de Nogal. Destacaban unos óleos y unas acuarelas entre los amplios ventanales de cortinas pajizas, desde donde se vislumbraban las acacias del parque situado frente a la residencia. En el centro de la misma sala había un gran televisor y, un poco más apartada, estaba la terraza, en la que lucían abundantes plantas y flores que Mary, una de las residentes, cuidaba con sumo esmero. El lugar era confortable y poseía cierto encanto.

Algunos de sus habitantes leían, otros charlaban, oían la radio o, simplemente, dormitaban. La mayoría prefería permanecer en silencio, con esa mirada que ya no busca nada o en la que nadie busca ya nada. Todos esos hombres y mujeres eran ahora, en mayor o menor medida, seres necesitados. Necesitados físicamente, pero, sobre todo, anímicamente.

Pero ese día estaba sucediendo algo diferente.

Lo primero que le llamó la atención fue cierto movimiento, una agitación desconocida en los días previos. Y lo segundo fue que Magda cantaba incluso más, y más alto, de lo habitual. Los principales responsables del equipo hablaban con personas que Ingrid no había visto antes por allí. Fue entonces cuando la amable directora del centro residencial les explicó que iban a tener compañía. El Hogar —así es como se llamaba la residencia para ancianos— iba a transformarse también en una guardería. Les mostró las imágenes de cómo habían diseñado el próximo espacio destinado a los niños.

Una guardería en una residencia para ancianos. Niños pequeños. Niños pequeños conviviendo con ellos durante unas horas. Compartiendo sus vidas.

Una osada y genial ocurrencia. Ingrid conocía la terapia que habían hecho hacía un tiempo con perros. Fue algo tan beneficioso que a uno de los ancianos le permitieron quedarse con un labrador. Seda, se llamaba aquella perra de mirada leal. Todos la adoraban. Un día se fue. Como tantos.

La emoción por aquella novedad los hizo ponerse nerviosos a todos.

Hay momentos de una vida extraños. Instantes que lo cambian todo. Ese fue el momento de Ingrid.

Max

MAX QUERÍA PONERSE su jersey de rayas. Era su favorito y se había empeñado en llevarlo casi todo el invierno. Si tenía que ir a algún lugar, llevaría ese jersey. Al pequeño no le apetecía ir a ese sitio del que tanto le había hablado su padre y creyó que esa prenda le daría seguridad. Esa noche apenas había podido dormir. Y su madre no iría a darle ningún beso para consolarlo.

—Es un lugar especial. Yo tengo que estar trabajando y sabes que Rachel ya no puede quedarse contigo. Serán pocos meses, hasta que empieces la escuela.

Rachel había sido la niñera de Max. El carácter introvertido del niño no ayudó a favorecer una sólida complicidad entre ambos. La preferencia de ella por su iPhone y no por los dibujos de él tampoco ayudó.

—Pues me cuido yo solo. Yo ya sé hacerme bocadillos. Y Setter también me cuidará.

—Setter es un perro, Max. No puede ser. Probaremos solo un día. Si no te gusta, te prometo que no volveremos. —En la mirada del padre había seriedad. Max supo que no mentía. Su padre siempre cumplía sus tratos.

Su madre también le había hablado de ese lugar por teléfono. A ella la veía muy de tarde en tarde. Max apenas guarda recuerdos de la vida de sus padres en común.

Anne y Frédéric se habían conocido en Lyon siete años antes. El suyo fue un amor explosivo, de montaña rusa. Anne tenía tan solo veintiún años cuando nació Max. En ese tiempo se licenció en una prometedora carrera de empresariales en la que ya empezaba a despuntar por su iniciativa y determinación. Tras instalarse en Estados Unidos, ella consiguió un suculento puesto en una multinacional. Su dominio de idiomas, su rapidez para los cálculos y su arrojo le permitieron cosechar éxito tras éxito. Frédéric seguía diseñando circuitos de ingeniería, pero desde el primer momento prefirió pasar más tiempo cuidando del pequeño.

La relación fue deteriorándose entre silencios, viajes y secretos. Cuando Max cumplió cuatro años ya estaba completamente rota, y Anne le planteó a Frédéric el divorcio. No fue una sorpresa, el final estaba anunciado desde hacía mucho. Acordaron sin discutir que el pequeño se quedaría con el padre. La vertiginosa carrera de la madre, sus múltiples compromisos, a los que no estaba dispuesta a renunciar, no eran el mejor amparo para que el niño creciese, y ambos lo sabían. Al poco, Anne se mudó al otro extremo del país. Frédéric supo tiempo después que vivía en un lujoso ático emparejada con un corredor de bolsa, quien, al parecer, había ganado una fortuna. Acababan, además, de tener una hija.

Frédéric siempre había sido un hombre de pocas palabras, pero, con su carácter sobrio, no había perdido de vista a su hijo, temeroso de que la privación de un apoyo tan crucial afectase a su ánimo.

El niño sabía que todo el tiempo libre del que disponía su padre estaba dedicado a él, aunque en muchas ocasiones Max prefiriese la soledad. A sus cinco años, el mundo del pequeño trascurría en su habitación, entre sus juguetes y sus cuadernos de dibujo.

—No es como las demás guarderías. Es diferente. Vamos a probar un rato, ¿de acuerdo? —insistía Frédéric.

—Bueno..., solo un ratito. Y me llevo a Elvis conmigo —añadió con la voz más autoritaria que pudo.

—De acuerdo, solo un rato. Y puedes coger a Elvis.

—Frédéric sonrió al ver a aquel manoseado peluche que poco se parecía ya a un koala. Él mismo lo había bautizado con ese nombre, pues, al estrujarlo, este emitía un sonido rasgado, como si cantara *rock*.

Una fila de niños de la mano

Llegó el día del encuentro. Durante los últimos meses, la residencia había ido cambiando su imagen. Había salas reformadas destinadas a los más pequeños, sillas bajitas, juguetes, instrumentos musicales y dibujos en las paredes con motivos infantiles. Nuevos olores dulces inundaban las inmediaciones de la cocina.
Una fila de once niños que desfilaban cogidos de la mano fue la primera imagen que vieron. Los acompañaron, exultantes, las cuidadoras del centro. Esos críos, de entre tres y cinco años, abrían desmesuradamente sus ojos y saludaban a los viejos habitantes de El Hogar.
La algarabía gozosa que formaban los pequeños era algo insólito allí. Las pisadas apresuradas y sus andares inquietos, danzarines, transportaron a los ancianos a un tiempo en que ellos sentían que «servían»,

que aún eran útiles y que alguien los necesitaba. Muchos habían cuidado de sus nietos antes de no poder cuidar ya de sí mismos.

—Yo ya no sirvo para nada —repetía frecuentemente Arthur, un nonagenario que, tras pasar su juventud en una granja, había dedicado el resto de su vida a regentar una ferretería que aguantó milagrosamente el paso del tiempo.

—Pues mira que yo, que sin este andador no me podría ni mover... —solía responder Maggie, que había sido una chismosa peluquera.

—No os quejéis tanto, que aún no tenéis que llevar estos pañales todo el santo día —añadía Emma, la pelirroja, quien no había perdido la capacidad para reírse de sí misma.

Pero tras esas jocosas palabras y risas compartidas reinaba el mutismo, con un poso de amargura. Cada cual sopesaba el significado real de ese «yo ya no sirvo para nada».

Un gran reloj presidía la Sala de Nogal. Estaba colocado entre los ventanales que daban al patio. Aun careciendo de segundera, aquel objeto se empeñaba en recordar la razón por la cual se hallaban todos allí. Pero esa fila caótica de niños, ajenos a cualquier otro tiempo que no fuera el presente, devolvía algo a los habitantes de El Hogar. En ese momento, ancianos y niños estaban sintiendo la misma emoción, la misma alegría espontánea y sincera. Una en la que aquellas implacables agujas negras del gran reloj no señalaban finales.

Los once niños se sentaron en el suelo de la Sala de Nogal y, poco a poco, el resto de los mayores fueron entrando. Once miradas curiosas se fijaban en ellos. Ninguno estaba asustado. Ninguno tenía esa expresión de lástima con la que los ancianos sabían que muchos adultos los miraban. Entre ese ejército de críos nadie los compadecía. Para ellos, los mayores formaban parte de un juego más, de una aventura más.

Ingrid cogía del brazo a sus amigos Sophie y Thomas mientras contemplaba la escena. Le llamó la atención el niño del jersey de rayas grises y flequillo rubio demasiado largo. El que bajaba la mirada.

De reojo, Max vio a una señora elegante con una rebeca violeta. Se parecía a un personaje de uno de sus cuentos.

La mujer de la rebeca violeta

Max había pasado el rato sentado en un rincón, un poco más alejado que los demás. Los otros niños no paraban de hablar, especialmente una niña que llevaba trenzas y movía los brazos girando sobre sí misma.
—¿Cómo os llamáis? ¡Qué guapos sois! —Era lo que más preguntaban los ancianos aquella espléndida mañana.
—¡Sam! ¡Lizzy! ¡Sylvia!... —respondía un coro desigual de voces.
—¡A mí me gustan los caballos! —decía uno de los pequeños.
—Y yo tengo gusanos de seda en casa —apuntaba otro.
—Mi cumpleaños fue hace cinco días —expresaba otra.

La sala se llenó de una sinfonía de voces agudas, acompasadas por la presbifonía de los mayores. Era sorprendente la naturalidad con la que esos niños asumieron ese nuevo espacio y a sus nuevos compañeros, los viejos habitantes de El Hogar.

Max no participaba de las conversaciones y se quedó observando a esos señores que vivían allí, todos juntos. Aunque él nunca antes había estado en una guardería, no se la imaginaba así. Percibía que esas personas eran frágiles, como cuando se ve a un pajarito herido en la calle. O como cuando su perro Setter lo miraba con esa expresión que demandaba cariño. Esos ancianos eran muy agradables y no estaban todo el rato pendientes del móvil, como Rachel. Pero se sentía inseguro y no dejaba de mirar hacia la puerta, esperando ver llegar a su padre.

—¿Qué te ha parecido, Max? ¿Te gusta? —Frédéric vino a buscarlo antes de la hora de comer.

—Es un poco raro... —espetó el hijo.

—Es diferente, por eso te he traído. Porque estos viejecitos necesitan mucho cariño y compañía. Tú dibujas muy bien, y ahí tienen una sala para pintar. Podrías enseñarles muchas cosas.

—¿Por qué están aquí? ¿Por qué no están en sus casas?

Max tenía recuerdos vagos de su abuela Camille, la madre de Frédéric, a la que habían visitado hacía un tiempo en un lugar llamado París, del que aún recordaba menos. De sus abuelos maternos, los padres de Anne, guardaba la imagen de un matrimonio señorial y distante. El pequeño desconocía entonces que los padres de Anne siempre rechazaron la relación de su hija con Frédéric. Sabía más de la existencia de estas personas, a las que los niños llaman abuelos, por los cuentos que por sus propias vivencias. Frédéric prosiguió con la conversación una vez que salieron de la residencia:

—Porque muchos son muy mayores y necesitan medicinas y ayuda. Personas que los cuiden. Y mucho cariño.

—¿Por qué no viven sus hijos con ellos? ¿Por qué?

—No todos tienen hijos. Algunos han decidido ir allí para no estar solos. ¿Querrás que volvamos mañana?

«Me quedo en mi habitación» fue lo primero que pensó el niño. Pero comprendió que eso significaba que su padre buscaría una nueva niñera que seguro que tendría un móvil... De repente se le apareció en la mente la imagen de la mujer de la rebeca violeta. Había algo familiar en ella. Algo que no sabía expresar con palabras, pero aquel rostro le transmitía seguridad y confianza. Un afecto espontáneo, instintivo. En ese momento, su perro Setter puso la cabezota sobre sus rodillas. A veces lo hacía cuando quería llamar su atención, para jugar o para que lo acariciase. Que le mirara así era algo que reconfortaba a Max. Le hacía sentir importante. Necesario.

«Muchos son muy mayores y necesitan medicinas y ayuda. Personas que los cuiden. Y mucho cariño», le había dicho su padre.

Algunas de las personas que acababa de conocer miraban como lo hacía Setter.

¿Y si él fuera necesario para la mujer de la chaqueta violeta?, pensó.

—Bueno, podemos ir otra vez. Un día más —dijo al cabo.

Un koala y un ratón

Max volvió al mismo rincón donde solía sentarse, algo aislado del resto del grupo. Puso a su lado al muñeco Elvis, pero estaba deseando ir a la «habitación de las pinturas» que les acababan de enseñar. Ahí estaba de nuevo la señora de la rebeca violeta. Se fijó un poco más en ella. A diferencia de los demás ancianos, ella permanecía un poco más rezagada. Siempre había sido tímida, y aún lo era a su edad. Entonces, el niño observó que empezaba a caminar hacia él.

—¡Hola! ¿Cómo te llamas? —esbozó Ingrid con una sonrisa franca.

—Max —respondió esquivo, y volvió a bajar la vista a su peluche, al que hacía bailar.

—Yo, Ingrid, encantada de saludarte.

Max alzó la mirada. Tenía cara de hada, de las que salen en los cuentos, pensó. Con ese pelo plateado y la tez pálida. No tenía alas pero lo parecía.

—Me llamo Ingrid —insistió ella con la mano extendida.
Max se decidió a devolverle el saludo. Alargó lánguido su mano tibia y tocó la suya. El pequeño percibió una piel suave y amable.
—¿Y cómo se llama ese oso con el que juegas?
—No es un oso. Es un koala. Yo tengo un perro que se llama Setter, pero no ha podido venir. Está en casa.
—Oh, me encantaría conocerlo...
—Sabe saltar cuando se lo digo. Es pelirrojo.
—¿Pelirrojo? Como Emma.
Eso llamó la atención de Max.
—¿Aquí hay perros también?
—No... Emma es esa señora que está sentada allí... ¿La ves? —Ingrid señaló a una mujer con una melena rizada color carmesí. Iba en silla de ruedas y se reía con la niña rubia de las trenzas, la danzarina. Lizzy, se llamaba.
—Y, entonces, ¿cómo se llama tu koala?
—Elvis. Se llama Elvis. —Max alargó el brazo para que pudiera cogerlo.
—Me gusta. Nos vamos a llevar muy bien.
Ingrid sacó del bolsillo de su chaqueta un ratoncito de trapo en tonos rosa y gris y se lo mostró a Max.
—Yo a este lo llamo Gus. Lo llevo siempre conmigo. Y cuida de mí.
La anciana le explicó la historia de ese ratón, que ahora vivía con ella y antes había vivido en un circo. Se lo contó con vehemencia, buscando la complicidad del niño. Y este se sentía cada vez más cómodo.

Le gustaba esa señora. Su precoz intuición le decía que ella era una persona diferente. Que sabía cosas, secretos, y eso le intrigaba. Era vieja, pero parecía joven. Más joven que su padre. Al instante le apeteció dibujarla para hacerla protagonista de uno de sus cuentos. O tal vez lo que de verdad quería era que ella viera lo bien que pintaba.

Max, que desconocía lo que era tener unos abuelos, y apenas una madre, sintió algo nuevo. Como una complicidad sin palabras. Era distinto a lo que había experimentado hasta entonces con su padre, con quien había desarrollado una relación casi madura, ordenada, pero sin margen para explorar otras direcciones.

La ilusión, tanto tiempo dormida en Ingrid, comenzaba a bosquejar formas en su mente y la hacía despertar de un letargo. En la mirada clara e inteligente de Max no existían dobleces, no había recodos. Era todo luz. Se preguntaba si seguiría mirando así el resto de su vida. La inocencia dura poco y la pureza se torna vulnerable ante las asperezas. Los sinsabores nos arrebatan aquello que fuimos.

Pero, sin saber muy bien por qué, sospechaba que Max sería de esa clase de personas que siempre caminarían por el lado soleado del sendero.

El banco de madera

TRAS LOS VENTANALES, Ingrid contemplaba cómo las golondrinas se retiraban dando rápidos quiebros y vaivenes y emprendían su largo camino hacia tierras más cálidas. Las acacias derramaban sus hojas por las aceras. Planeaba la melancolía por la Sala de Nogal. Los habitantes de El Hogar acusaban la progresiva falta de luz. Se mostraban más cabizbajos, callados e inactivos mientras transcurrían las horas. Ella conocía perfectamente ese estado propio del otoño. Tenía nociones hasta de la explicación biológica de ese desánimo estacional que sufrían muchas personas. Su añorado marido había sido neurólogo. Ese día Ingrid había cogido una fotografía de él para enseñársela a Max. Rememoraba su cara triangular de frente ancha y despejada, su nívea barba brotando limpia por ambos pómulos y su mirada penetrante, como jamás había visto ninguna.

El grupo de niños entró en la estancia algo antes de lo que era habitual. Max también acababa de llegar y, en un arrebato, fue en busca de su anciana favorita:

—Ingrid..., ¿quién es? —la asaltó Max.

—Es Steve, mi esposo —le respondió con nostalgia.

—¿Y dónde está?

—Se fue al cielo hace muchos años.

—¿Le gustaba jugar?

—¡Por supuesto! Jugaba también cuando trabajaba.

—¿Ah, sí? —respondió el curioso Max mientras levantaba sus finas cejas.

—Era un privilegiado, como tú con tu flauta.

—¿Síííííí?

—Steve estudiaba a unos seres pequeñitos que todos tenemos dentro de nuestra cabeza. En realidad, se parecen a mariposas. Son tan diminutas que necesitaríamos una lupa gigante para poder verlas a todas.

—¿Y por qué no las notamos cuando vuelan dentro de nosotros?

—Porque están quietas. Pero, gracias a ellas, podemos pensar, aprender y hasta tener recuerdos.

—Tú tienes una mariposa muy grande porque te acuerdas mucho de él, ¿verdad? ¿De qué color es?

—No lo sé, pero Steve me contaba que esas mariposas se tocan con las antenas, con las alas y las patitas y así se trasmiten entre ellas sus secretos, lo que una u otra piensa o dice. Y de esta forma fluye nuestra imaginación, nuestros pensamientos, nuestros sueños. Gracias a ellas también podemos ver, oler, oír, hablar...

—¡Qué raro! ¿Unas mariposas que no están en el campo?

Un peso casi físico se estaba instalando en el corazón de Ingrid mientras le hablaba de todo esto al niño.

—¿Ves, Max, a ese señor que está sentado en la silla de la izquierda?

—¿El de la camisa marrón?

—Sí. Pues sus mariposas hace un tiempo perdieron sus alas, sus patitas y sus antenas, y su mente ya no puede pensar bien, ya casi no tiene recuerdos. Las personas, a medida que nos hacemos mayores, vamos perdiendo nuestras capacidades, como cuando las mariposas pierden sus extremidades. Es la vida a esta edad.

El niño contempló al anciano y se contagió de su tristeza.

—Y Steve..., ¿no puede curarlo desde el cielo?

—Él ya no puede, pero tal vez otros sí que puedan algún día.

Max prefirió apartar el desconsuelo que empezaba a invadirlo y se puso a dibujar una flor llena de mariposas de diferentes tamaños y colores. Mientras, Ingrid se quedó abstraída recordando con gran nostalgia la imagen de su marido, ya enfermo, sentado en un banco de madera donde solía ir a contemplar los jardines y los pájaros. Le dio la vuelta a la fotografía y releyó lo que ella había escrito en el reverso hacía unos años:

«Corre la brisa y observo cómo la hojarasca se desliza bajo las inertes tablas de madera del banco, hoy vacío. La visión que se ha instalado en mí pesa, como si estuviera regida por leyes físicas. Un profundo zarpazo en el alma acaso tamizada por capas de tiempo.

Camino junto al viento y su susurro, dejando atrás ese banco, y el recuerdo. Quiero, más que nunca, que el aire implacable y etéreo me limpie, seque mis lágrimas y me imprima un paso firme, haciendo frente a su caos, que, sin embargo, hoy reconforta.

Lentamente la quietud se abre paso. Hoy he comprendido que los vientos en contra también permiten, misteriosamente, seguir avanzando».

—Ingrid, estás muy callada... y lloras —espetó Max.

—Disculpa, pequeño, llevas razón. Son las mariposas, que han batido sus alas dentro de mí y me han hecho recordar a Steve. Le quería mucho.

Magda entró en la sala y anunció con su habitual alegre desparpajo que las meriendas estaban a punto de servirse.

Atardecía.

Amaneceres

EL ALBA LLEGABA AHORA con nuevos y luminosos matices a El Hogar. Muchos de sus habitantes habían dejado de hablar de sus penas para pasar a preocuparse por si había suficientes lápices de colores en la sala de dibujo o para aprender una nueva nota musical para los conciertos que hacían con los niños. Era como si algo se removiera muy dentro de ellos, porque otros los estaban escuchando después de mucho tiempo. Lo más parecido a existir de nuevo. Y esos pequeños, los que les habían devuelto las ganas de reír, de hablar, de jugar..., no eran conscientes de lo mucho que estaban haciendo. Actuaban inocentemente, sin esperar nada a cambio. Cariño, acaso. Es la verdad que reside en la temprana infancia.

Algunos de los miembros de esa comunidad de ancianos llevaron vidas de absoluta y abnegada entrega a sus familias. Era esa clase de generosidad que nunca será premiada lo suficiente, porque se necesitaría toda una existencia para corresponder a lo que dieron. No se entregaron esperando recibir una recompensa por ello, y los que lo hicieron acumulaban ahora el peso de las frustraciones sobrevenidas y los anhelos a los que renunciaron en ese a menudo tedioso camino de resignas. Tan solo un gesto les parecía suficiente para ser felices. Un agradecimiento basta ante un detalle hecho con amor. Una sonrisa, ante un cumplido. Una llamada de teléfono, una visita sin reloj, un paseo sin excusas.

Cuando los niños aparecían, cada día podía ser diferente. Esas pequeñas mentes crecían raudas, mientras que las de los ancianos, tan llenas de todo, retrocedían en el tiempo para reencontrarse con ese mundo por estrenar y lograr, en ocasiones, colmar los vacíos que habían acumulado. Acababan el día percibiendo que el hoy sirvió de algo. Y el mañana ya no era un horizonte difuso, predecible o gris, sino algo tangible. Algo para seguir, paradójicamente, creciendo.

Hacía tiempo que Ingrid no veía a muchos de sus compañeros poner tanta ansia en arreglarse. Participar en las nuevas actividades de El Hogar era, sin duda, un gran estímulo. Juegos inocentes, infantiles, como los que tenían planeados hoy, unos bolos de plástico de tamaño enorme colocados en medio de la Sala de Nogal. También iban a jugar con pañuelos largos de colores que simulaban los rayos del sol o las olas del mar. Cada día era un descubrimiento.

Entre Max e Ingrid se iba sellando una complicidad sincera, divertida, de conversaciones espontáneas. La anciana había descubierto la afición del niño por la lectura y no perdía ocasión de narrarle algunos cuentos. Ella se esforzaba en imitar, incluso, sonidos de animales o gesticular grácilmente las lecturas. Esto era nuevo también para ella. A Ingrid le encantaba, además, inventarse historias, y a Max escucharlas. Él solía apoyarse atento en el reposabrazos de la butaca de Ingrid, y en otras ocasiones sobre las rodillas de ella, abrazado a su peluche Elvis.

—Enséñaselo a él. También lo entiende —solía decirle a Ingrid cuando esta acababa de explicarle alguna de las ilustraciones y viñetas.

Ingrid correspondía encantada a las peticiones del pequeño. De su mente surgían continuamente nuevos personajes. Ingrid y Max acordaron bautizar con el nombre de «Pez espía» a un navegante de los mares que, en realidad, no salía de su pecera, pero que era capaz de resolver toda clase de misterios y de encontrar tesoros y que tenía la curiosa habilidad de poder atrapar ladrones. Ingrid le dibujó al pez unas gafas de sol. También llegaron las historias del «Sapo sabiondo», un impertinente ser que moraba en una charca, y la del «Marcianito explorador», un pequeño astronauta que viajaba entre planetas egoístas que querían secuestrar a niños. El repertorio de Ingrid no parecía tener límites y la capacidad de Max para absorberlo todo al tiempo que multiplicaba con su imaginación aquellas recreaciones creaba conexiones mágicas entre ambos.

La sobria Ingrid, que durante tanto tiempo había mantenido la compostura, siempre tan prudente en la exteriorización de sus sentimientos, se reía a carcajadas con Max. Qué más daría ya todo si la vida le brindaba la oportunidad de poder saborear una brizna de alegría sincera y pura. Muchas veces, en el pasado, había estado tentada en deshacerse de toda esa retahíla de cuentos que había escrito durante su juventud. Ahora comprendía que había una razón por la que no lo había hecho. Algo tenía que llegar. Y ese algo era Max.

El momento de las despedidas encogía el corazón de Ingrid, cuando la figura de Max se alejaba y ella vislumbraba aquel flequillo demasiado largo y la mochila roja cubriendo toda su espalda. Se preguntaba si el pequeño también contaría las horas hasta el momento del regreso.

Tras cerrarse la puerta, pensó en los dos mundos que se habían encontrado. Uno nuevo y uno viejo.

INVIERNO

Qué les ha pasado a tus manos

MAX SE APRESURABA en preparar las cosas que quería llevarse ese día a la guardería. Frédéric llevaba un rato esperándolo. El niño, que al principio se resistía a abandonar su habitación, ahora solo ansiaba salir de casa.
—¿Te acuerdas cuando no querías ir los primeros días? Ingrid es una señora muy simpática, ¿verdad? —comentó el padre.
Ambos se habían conocido hacía unos días. Así fue como Ingrid se puso al corriente de que los padres de Max estaban divorciados y de que el niño vivía con él.
Max asintió enérgico al comentario de su padre. Cuando pensaba en Ingrid, se le iluminaba algo por dentro. Le encantaban, además, todos esos señores mayores que siempre sonreían y tenían ganas de hacer cosas con los niños como él. Pero Ingrid lo enten-

día mejor que nadie. Abría puertas en su interior, aunque él no sabía lo que significaran. Tampoco habría comprendido si entonces le hubieran explicado lo que era ser un «alma gemela» de alguien. A la felicidad no se le ponen palabras cuando uno es feliz.

En ese momento sonó el teléfono.

—Max, es mamá, quiere hablar contigo.

Al otro lado de la línea estaba Anne. El niño acudió de un brinco al aparato.

—¡Hola, cariño! ¿Cómo estás?

—¡Hola, mamá!, estoy bien. ¿Cuándo vendrás?

—¿Te gusta la guardería, qué tal lo pasas?

—Me lo paso muy bien, me gusta mucho. ¿Cuándo vendrás? —insistió el niño.

—Vendrás tú esta Navidad, Max, papá te traerá. ¿Te apetece pasar unos días en la casa de la nieve? Tengo muchas ganas de verte.

A Max le apetecía mucho ver a su madre. Y al bebé Shady. Pero lo de ir a esa casa enorme con el señor que ahora vivía con ella no le apetecía. Aquel señor apenas le hablaba y siempre estaba pendiente de que no se ensuciara nada. Nunca le había dejado llevar a Setter, aunque el jardín que tenían también era muy grande.

—Sí, mamá. Le traeré un regalo a Shady.

Anne siguió hablando con Frédéric. Tenía dudas sobre aquel experimento de residencia-guardería donde habían llevado a su hijo. Pero él la tranquilizó, aunque omitió contarle que la única amiga que Max había hecho allí era la casi octogenaria Ingrid. Aquello, tal vez, no habría convencido a su exmujer.

Los días se sucedían en la residencia y lo que al principio era novedoso se fue tornando en deliciosa naturalidad. Había llegado el frío, pero El Hogar se volvió más cálido que nunca. Con la proximidad de la Navidad habían organizado varios talleres para decorar las estancias, donde lucían bolas brillantes, estrellas y estampas dibujadas vistosamente por los niños.

Las rutinas de El Hogar cambiaron. Ese intercambio de energías renovaba las viejas almas. Fue a Thomas al que se le ocurrió el ingenioso nombre de La Patrulla de los Rescatadores para designar al grupo de niños que ahora convivían con ellos. Rescatadores de sensaciones y emociones que hacía mucho que no despertaban. Salvadores y supervivientes rescatados, en suma.

Uno de los pasatiempos favoritos de todos era la hora de la música. Thomas no se perdía nunca ese rato y aprovechaba cualquier ocasión para hacer demostraciones de sus dotes para el baile y el canto ante su menuda y fascinada audiencia. Decía que era como Fred Astaire. Thomas era el favorito de casi toda aquella Patrulla, y Lizzy, la niña de las trenzas, siempre trataba de imitar el movimiento grácil de sus pies.

Cuando los ancianos no jugaban con ellos, lo divertido era observarlos. Algunos charlaban solos, otros se perseguían o se daban besos y abrazos espontáneos. Se reclamaban entre sí en busca de juego y complicidad. Pero Max prefería estar con Ingrid.

Alice, una de las tutoras, casi siempre tenía que llevárselo de la sala de juegos, donde pasaban buena parte del tiempo.

—Te ha salido un admirador, Ingrid, no deja de preguntar por ti —le decía—. Aquí tienes a tu Ingrid, ¡venga!

Y Max corría disparado hacia su nueva amiga.

Un día ambos estaban jugando a poner las manos una encima de la otra a ver quién lo hacía más rápido. Max se fijaba en las pequeñas manchas rojizas que ella tenía en el dorso de sus manos.

—Tienes heridas.

—No, no son heridas, es que mis manos ahora son así.

—¿Y por qué tienes esos bultos en los dedos?

—Porque mis manos están cansadas...

—¿Por jugar mucho a este juego?

—No solo por eso. —Ingrid rio ante la ocurrencia—. Es que tengo muchos años...

—¿Cuántos tienes? Yo tengo casi seis. ¿Tú cuántos?

—Setenta y ocho, casi ochenta.

Max empezó a abrir y cerrar las manos consecutivamente, contando de diez en diez en voz baja, intentando conseguir llegar a la cifra sin equivocarse. No lo lograba.

—¡Son muchos! —exclamó el niño.

—Mira, en cambio, tu edad me cabe en esta mano. —Ingrid abrió los cinco dedos de su mano derecha—. Pero cuando cumples tantos como yo..., ¡te cansas, como si subieras montañas!

—¡Con papá vamos siempre a las montañas! Y a mí me gustan mucho. Papá conoce muchos sitios.
—¿Te ha llevado alguna vez a la cima de una?
Max se quedó pensativo. La cima. Había escuchado esa palabra. Era como el final, arriba del todo. O eso le había dicho su padre. Una vez le dijo que habían llegado más alto que nunca. Recuerda que cogieron una de esas cabinas que van por el aire.
—¡Síííí! Una vez estuve en lo más alto. ¡Por encima de las nubes!
—Pues... yo es como si estuviera ya allí. Cumplir años es como subir y subir... Hasta que llegas arriba y puedes ver todas las vistas y descansar.

Ingrid hizo una pausa, no estaba segura de si debía seguir explicando algo tan profundo, además, era consciente de que su tono se tornaba melancólico.

—Poder llegar allá arriba es bueno —proseguía—, porque te da perspectiva, ves todo el horizonte. Pero echo de menos la sombra de los bosques, la música de los ríos, el color de los prados que están abajo... Es precisamente allí abajo donde suelen esconderse las cosas más bonitas, las que se encuentran durante el camino a la cima de la montaña.

«Perspectiva». Una palabra desconocida para Max. Al chiquillo le hechizaba el tono de voz de Ingrid y cómo le contaba todas esas cosas. No entendía la metáfora asociada con la vida, pero conocía las montañas. Tampoco veía la relación exacta que había con aquellas manos «cansadas», pero, a la vez, tan suaves. Solo sabía que le agradaban, incluso con sus manchas rojas, sus venas tortuosas y sus nudillos engrosados. Le despertaban ternura. Y también ganas de jugar.

Volvió a colocar las manos en posición.

—Vamos... ¡Intenta ganarme!

En ese instante, un intenso olor a pan recién hecho penetró en la Sala de Nogal. Como cada día a la misma hora, Magda, con su cuidado delantal, empezó a repartir las primeras bandejas.

Atarse los cordones

OBSERVAR. Era lo único que la tutora les había pedido a los niños aquel día. Debían fijarse en lo que sus amigos ancianos hacían y luego tendrían que explicar y dibujar lo que habían visto. Llegaron hasta el pasillo con el gran cristal desde donde se podía divisar la Sala de Nogal. De puntillas, empezaron a mirar con emoción y curiosidad. Algunos mayores hacían crucigramas, leían o charlaban. Otros paseaban con ayuda de las enfermeras. Muchos estaban sentados solos, sin más. Sabían que los niños los observaban, pero actuaban de forma natural. Era, en definitiva, un día normal y corriente en la vida de El Hogar.

Ingrid estaba leyendo, como de costumbre. Max ya se disponía a sentarse frente a ella cuando esta le hizo una señal con el dedo apuntando hacia la terraza. Quería que ese día se fijase en otra persona, la que estaba regando las flores. El niño observó a una señora de espaldas, no acertaba a reconocer quién era. ¡Por detrás todos los mayores se parecían tanto...! La bata de tono rosáceo estampada le hizo pensar que tal vez se tratase de Mary. Iba con una regadera de plástico, a juego con el color de su batín. Lenta y cuidadosamente repartía agua entre los geranios, las azucenas y los crisantemos. Tras ella iba dejando un reguero de gotas. Había unas plantas verdecidas que crecían muy altas y Mary se empeñaba en enderezar unas varillas para que sus ramas se enredaran alrededor de ellas. Repetía ese movimiento y agitaba suavemente las hojas con las manos, como si se tratara de delicados seres con vida propia.

Max observó luego sus piernas arqueadas y los tobillos anchos. Cuando se dio la vuelta vio que, efectivamente, era Mary. Siempre sonreía. Y mientras lo hacía dejaba asomar una dentadura algo protuberante que resultaba atractiva. También sonreía con los ojos.

—¿Qué te parece nuestra jardinera, Max? —le preguntó Ingrid, que había estado pendiente de los movimientos del niño.

—Me gustan mucho las flores, cada una tiene un color diferente. Las ha regado todas..., pero se le ha caído el agua. —El niño señalaba los pequeños charcos que había en la terraza. En las baldosas también habían quedado grabadas las suelas húmedas de las zapatillas que Mary arrastraba.

Ingrid hizo una pausa y adoptó un tono más intrigante para que el niño le prestara toda su atención.

—Max, ¿te atas los cordones de tus zapatos tú solo?

—¡Desde hace poco! —El niño estaba orgulloso de esa hazaña, su padre lo había felicitado mucho por ello.

Max se preguntaba por qué Ingrid había cambiado de repente de tema.

—Pues a Mary le pasa al revés que a ti. Antes se los ataba muy bien y ahora le cuesta más. Lo mismo le ocurre, a veces, con las flores.

—¿Lo mismo con las flores? —Y se quedó pensativo, repitiendo esa frase para sí mientras volvía a mirar a Mary, que calzaba unas zapatillas negras con agujeritos. Estaban mal atadas, con los lazos desiguales. Sin mediar palabra, Max se acercó a ella.

—¿Te ayudo a atártelas bien? —le preguntó mientras le señalaba a los pies.

—Oh, gracias, cariño... —El pequeño se esmeró en dejarle un nudo perfecto y unos lazos simétricos, como los que él lucía.

Ingrid lo observaba. Había algo extraño en ese niño que no sabía definir. Acaso un alma vieja encerrada en el cuerpo de un niño. Su forma de mirar no era habitual. Su forma de escuchar y de actuar tampoco lo era. Ingrid sintió como si lo conociera desde hacía mucho. Tal vez, incluso, de otra vida.

La luz en la terraza devolvía destellos y brillos de aquella materia viva, verde y multicolor. La mirada de Mary se quedó fija allí. Sentía que era reconfortante saber que sus pies estaban bien anclados en el suelo firme mientras contemplaba esa placentera escena.

Las gemelas

EN EL HOGAR, por no faltar, no faltaba ni una pareja de lo más original. Eran las gemelas septuagenarias Helga y Gilda. Sus nombres respondían a un capricho de sus padres, quienes habían llegado a América desde Estocolmo. Frecuentemente, habían sido origen de guasas en los años de su juventud, porque Gilda no se parecía en nada a Rita Hayworth, y Helga, que en sueco significaba «bienaventurada», había tenido muy mala suerte en su vida: tres matrimonios, y los tres fallidos. Las dos eran como la noche y el día y solían protagonizar algunos de los momentos más amenos de las reuniones en la Sala de Nogal.

Gilda era esmirriada, estaba demacrada y casi en los huesos. Tenía una nariz afilada y picuda bajo unas gafas de gruesa montura que le ocultaban medio rostro. Su pelo teñido de dorado chillón contrastaba con su faz lánguida y macilenta, que derrochaba amargura por los cuatro costados. Helga, por el contrario, era una mujer alegre, lustrosa, de tez bronceada y vivaces ojos glaucos que resaltaban en una cara de aspecto pletórico, rubicundo. Su melena se mantenía hirsuta aunque ahora era completamente canosa. Antaño ambas habían sido igual de morenas, curiosamente, nada que ver con sus progenitores, rubios y de ojos claros. Las dos hermanas coincidían en su escasa estatura, una rareza para su herencia escandinava. Algunos les decían en tono de chanza si estaban seguras de si no habrían sido adoptadas.

Helga presumía de tener la cabeza mejor amueblada de toda la residencia y solía arremeter contra su hermana Gilda, que a menudo permanecía horas callada.

—Tú fíjate lo que habrás hablado en estas dos últimas horas...

—Pues qué querías que contase.

—¡No lo sé! Pero, desde luego, eres la mar de divertida. Y se lo contagias a los demás, a los que les entra la «pochera». Pareces una monja de clausura. Lo que no entiendo es que ni siquiera tengas el mínimo interés por ver qué pone en los periódicos. Mira yo, no me pierdo una noticia. ¡Siempre hay cosas que comentar!

—Ya hablas tú por las dos —añadió Gilda.

—Es que hay que ver, hermana, ¡de dónde habrás salido tú...! ¿Te has enterado, al menos, de lo del huracán de México?

—¿Huracán...? Para huracanes ya te tenemos a ti, peregrina. —Su boca hizo un mohín de disgusto.

Cuando respondía, Gilda no miraba directamente a los ojos de su hermana, miraba siempre al frente. «Peregrina» era uno de los mayores insultos que podía dirigirle a Helga. En su argot, significaba insulsa.

Helga se levantó nerviosa, buscando la reprobación de los demás, que disimulaban como podían la risa que les causaban esas constantes escenas. A diferencia de su hermana, no se había marchitado. Permanecía enérgica, alegre. A menudo le gustaba salir a pasear fuera de la residencia y decían, incluso, que se había fijado en un señor de buen ver y edad razonable. Curiosamente, cada martes y jueves coincidían en una cafetería próxima para tomar un chocolate con nata.

Ante las habladurías que llegaban a El Hogar, su hermana no perdía ocasión de reprenderla.

—¡Camandulera! A tu edad...

—¡Yo me relaciono con la gente, no vivo encerrada en una concha sorbiendo las penas, como tú!

—Ya rezaré yo por ti y tus actos. ¡Truhana!

Helga, que era la salsa de todos los platos, también organizaba los juegos y las partidas de cartas. Procuraba limitar el tiempo que permanecía en El Hogar. Allí había quien mantenía, como ella, un espíritu joven y rebelde, conectado con todo lo que sucedía fuera de esos muros. Su hermana, en cambio, había nacido una hora después y había empezado a menguar cuarenta años antes que ella.

—Baila conmigo, Helga —le pedía Thomas a menudo, y adoptaba una pose de seductor bailarín. Y ella no se lo pensaba dos veces. Entraba al trapo, directa, para mayor honor y mejor gloria.

Gilda también había tenido luz, pero hacía mucho tiempo, demasiado. Quién diría que era la misma joven que, con un sombrero ladeado y un traje blanco, lucía una espectacular sonrisa en la proa de un barco, contra el viento. Pero Helga, con su enérgico carácter, no soportaba el movimiento lento y paciente que se instalaba en la residencia. No era que no aceptara la vejez, sino que no deseaba arruinar el tiempo pensando en ello. Era una mujer de rompe y rasga.

Mientras Helga y Thomas seguían bailando, Ingrid pasaba las páginas de un libro, Elisa pintaba acuarelas para que dieran color a la Sala de Nogal y Maggie se peinaba y emperejilaba como si cada amanecer fuera una fiesta.

Algo permanecía vivo e intacto dentro de ellos. Otros se ajaron muchos años antes. Cuando los hijos dejaron de mirarlos con admiración, cuando cada mancha, dolor y arruga iba llenando de lastres y remordimientos sus mentes, arrebatándoles prematuramente algo tan invisible como necesario: la esperanza.

Ecos de un viejo piano

—¿NO TE HABRÁS escondido el salero? —Helga se había percatado del fugaz y hábil movimiento de Thomas justo antes de sentarse a la mesa.

—¡Chisss! Baja la voz... —Thomas miraba hacia donde se encontraba Magda. Empezó a sazonar el pescado que tenía en el plato sin que ella lo viera—. Solo voy a ponerme un poco, esto necesita sal. Hoy no hay quien se lo coma.

—¡Luego los vuelves locos a todos con tu tensión! —Helga hizo un ademán de quitárselo, pero Thomas fue más rápido y volvió a deslizárselo debajo de la chaqueta.

En el comedor de El Hogar solían compartir mesa Thomas, Helga, Gilda, Mary, Emma, Ingrid y Sophie, aunque esta última hacía algunas semanas que no podía acudir. A Thomas hacía tiempo que le habían prohibido la sal, y esa era una de las cosas que más odiaba de la vejez. Había estudiado la manera de hacerse con el salero sin ser visto. Los menús, salvo algunas excepciones, eran sabrosos y sanos, sobre todo lo segundo. Echaban de menos algún guiso fuerte, bien cargado de especias. A veces se permitían mayor libertad con los postres. Magda cazaba las travesuras de los mayores como si tuviera ojos en la nuca. Era prácticamente imposible engañarla. Aunque en muchas ocasiones era condescendiente con ellos y acababa haciendo la vista gorda.

—Hoy ha sido divertido. Lizzy me ha ayudado a plantar unas gardenias. Pero es un poco traviesa, ¡me cogió la regadera! —les contaba Mary.

—El otro día nos inventamos un juego que se llama Agua —intervino Emma—, y teníamos que agitar unos pañuelos azules, pero luego todos quisieron jugar al escondite y querían que yo corriese tras ellos. Alice tuvo que llevárselos a la sala de las pinturas. Mis hijos me dicen que no me canse y que tenga cuidado. Pero ¡si hasta hace dos años cuidaba de mis nietos!

Emma todavía tenía restos de un moratón en la parte derecha del rostro. Se había caído la semana anterior, aunque, por fortuna, todo había quedado en un buen susto.

—¿Os fijasteis en cómo volví a ganarlos en la partida de bolos? —agregó Thomas orgulloso mientras saboreaba el sazonado pescado.

—Bueno, ¡qué!, doña Ingrid, ¿quién es ese niño rubiales que no se despega de ti? Parece buen mocito, pero ¿no es un poco joven? —Helga bromeó con ella, que comía en silencio, tranquilamente, como solía.

—Es un niño especial, parece muy inteligente, ¿verdad, Ingrid? —dijo Thomas.

—Lo es —afirmó ella, categórica.

«No solo es inteligencia», pensó Ingrid. Max no era como los otros niños. Había algo más. Era como si supiera intuir como un adulto. Cuando el niño la escuchaba, parecía estar creando sus propios conceptos. Una composición del mundo en miniatura, sencilla, pero única. Sus amigos también querían acercarse a ese curioso e inesperado niño, pero él solo parecía tener ojos para Ingrid.

Esa misma tarde ella observó que Max parecía inquieto. No se concentraba en los dibujos ni tampoco escuchó con atención el cuento con que siempre lo recibía a esas horas relajadas de la digestión. Estaba en esa postura tan suya, con los brazos cruzados y la cabeza reclinada. El flequillo le tapaba los ojos.

—No quiero ser mayor —dijo de repente.

Ingrid se lo quedó mirando.

—¿Estás bien, Max? Me he fijado en que apenas me has escuchado. ¿A qué viene eso de no querer ser mayor?

—He visto a Sophie. No entendía lo que me decía y estaba llorando. Se la han llevado las enfermeras. No quiero ser así cuando crezca.

Sophie había empeorado en las últimas semanas. Ya no podía participar con los demás en la estancia donde se preparaban los bocadillos para la gente sin hogar y había perdido la sonrisa. Estaba asustada.

Ingrid sabía que tarde o temprano el niño le preguntaría y no habría accedido a contarle nada de no haber sido por esa mirada. No pudo evitar estremecerse durante unos instantes.

—A algunas personas, al hacerse mayores, les cuesta recordar las cosas. A mí misma me sucede muchas veces...

—Pero ¿por qué lloraba? —insistía Max sin rodeos.

—Sophie está enferma. Es como cuando tú has soñado algo que no logras recordar al día siguiente...

—¿Lloraba porque no se acordaba de su sueño?

—No..., porque no se acordaba de su vida.

—¡Cómo no se va acordar de su vida! No te entiendo.

Ingrid trataba de idear la manera de explicárselo para que lo comprendiese. Entonces recordó a la preciosa niña asiática que había llegado a El Hogar hacía dos semanas.

—Piensa en Melina —apuntó Ingrid.

—Pero si Melina es un bebé...

—Sí. ¿Y crees que Melina tiene recuerdos?

—¡Nooo, porque es un bebé!

—Pues a Sophie le está sucediendo eso mismo.

—¿Como si volviera a ser un bebé?

—Un poco sí. Por eso ahora necesita ayuda. Y se pone triste cuando se pierde. Pero ella ha sido muy feliz, tendrías que haberla conocido hace unos años.

Era muy guapa y muy simpática. Te habría gustado. Dio clases de piano hasta hace poco. ¿Has visto, Max? Una vida llena. Una persona que sabe tocar el piano es alguien tocado por el dios de la música. ¡Un privilegio!

—Yo sé tocar la flauta.

—Tú también eres un afortunado.

—Ingrid..., esa Sophie que tocaba el piano, ¿está dentro de ella?

—Seguramente sí. Y creo que algún día volverá a reencontrarse con esa persona.

Max asintió y volvió a coger un cuento. Parecía más tranquilo. La lección de ese día había concluido.

No tengas prisa

MAX ENTRÓ CORRIENDO en la Sala de Nogal y fue en busca de Ingrid. Ese día, además de su inseparable Elvis, había traído con él una especie de cohete y una carpeta roja. Cogió a la anciana de la mano y le dijo que debían ir urgentemente a su habitación, porque tenía una sorpresa para ella. Caminaron todo lo apresuradamente que las articulaciones de Ingrid le permitieron, como si ambos estuvieran haciendo algo prohibido. Ingrid vigilaba los pasillos para que nadie les viera. Eso imprimía mayor emoción, pues los niños tenían que estar en unas estancias determinadas bajo la supervisión del tutor.

Llegaron al sencillo y cuidado cuarto de Ingrid. Max sacó de su carpeta un montón de figuras adhesivas y, sin mediar palabra, se puso a colocarlas por todas las paredes, hasta donde sus brazos alcanzaban. Algunas tenían forma de planetas, otras de astros, incluso había pequeñas galaxias. La mayoría eran estrellas de múltiples colores y tamaños.

—Pero ¿qué haces?

—El universo, así podrás verlo todas las noches. Estas pegatinas son mágicas. Guardan la luz del sol y la devuelven cuando se hace de noche. Abre del todo las cortinas, ¡rápido!

Ingrid obedeció, aunque se mostró algo atolondrada.

—Ahora vuelve a cerrarlas y apaga la luz... ¿Lo ves?

Max no había dejado un hueco sin estrellas. El habitáculo destellaba iridiscencia por todas partes. Se intuía un espacio negro que coincidía con el lugar que ocupaba la pequeña cómoda y su espejo. El niño apoyó la nave espacial en la mesita de noche, situada justo al lado.

—Ingrid, cada noche antes de dormirte irás a visitar un planeta y me dirás cómo es, qué animales hay y en qué idioma hablan. Cuando yo sea mayor ya lo veré, pero no quiero esperar. Tienes que explicármelo tú. Cada día.

—¿El otro día decías que no querías ser mayor y hoy que no puedes esperar a crecer?

—¡Es que quiero saber todo eso ya! —espetó inquieto.

—¿Qué estamos haciendo ahora? —indagó Ingrid con un tono de curiosidad.

—Ahora no estamos haciendo nada.

—Estamos hablando, ¿te parece que eso no es hacer nada?
—Sí, pero no estamos subiendo a ningún cohete ni viajando a ningún planeta desconocido.
—Pero sí estamos hablando de ello. Así que, en cierto modo, ya lo estamos viviendo. No tengas prisa en alcanzar esos planetas. Tener paciencia es muy importante, Max. Además, cuando llegues a uno te darás cuenta de quieres llegar a otro, y luego a otro. Son lugares infinitos. Y el espacio de tiempo entre una meta y la otra se acortará, y ni siquiera recordarás qué hacías mientras tanto.

«En ocasiones Ingrid dice cosas muy raras —pensó Max—. ¿Qué querrá decir con "metas"? ¿No recordaré qué hacía mientras tanto?» Sin embargo, algo de lo que ella le decía tenía sentido. Cuando él intentaba recordar el verano anterior, le costaba un esfuerzo, de tan lejos que quedaba ya.

Ingrid seguía hablando de esa forma porque sabía que el niño, a su manera, la seguía. Entonces, dijo algo que a Max aún le despertó mayor atención:

—Este momento es perfecto para ser feliz. De hecho, este instante es lo único que tenemos. Lo que viene no existe aún, solo en nuestros pensamientos. Lo que sí podemos hacer es imaginarlo lo más divertido posible.

—Pero ¿tú también podrás ir a Marte?

La pregunta pilló a Ingrid por sorpresa.

—Creo que esa parte te la voy a dejar a ti, muchachito.

La luminiscencia de la habitación menguaba lentamente.

Pequeños objetos

INGRID MEDITABA sobre lo que puede haber tras un pequeño objeto, en ocasiones insignificante. Un pedazo de tela. Un trozo de papel. Una flor seca. Para los habitantes de El Hogar los pequeños objetos eran pequeños mundos condensados. Emma guardaba un retal del vestido que llevaba cuando conoció a su marido. Mary tenía una colección de estampas con santos a los que daba un beso antes de acostarse todas las noches, y en cada beso repartía un recuerdo para un ser querido. Arthur conservaba una talla de un barco de madera que nunca terminó. La mayoría poseían regalos hechos por sus nietos, fotografías de hijos sonrientes, hermanos en lugares exóticos. Cada uno tenía su pequeño altar para recordar.

Los ancianos de la residencia agradecían cada visita, cada conversación. Pero las visitas de familiares, quienes tenían la suerte de tenerlas, solían ser breves. Así que muchos hallaban consuelo en esos pequeños objetos que no les abandonaban. Tesoros que recordaban los seres que un día fueron, antes de convertirse en padres o madres, en abuelos o, simplemente, en personas mayores. A esas edades se vive de recuerdos. El Hogar vivía de memorias.

Hacía muchos años que Ingrid había observado un tono gris y taciturno en las expresiones de muchas personas. Deducía que el tumulto y el propio ajetreo de la vida social, las obligaciones y las prisas eran el origen de muchos de los pesares. Una vida de idas y vueltas, bidireccional. A cual más veloz. Algunos tenían la fortuna de alcanzar cierta armonía en sus destinos. Pero otros apenas hallaban atisbos de felicidad. Vidas abocadas a la monotonía, anegadas de sinsentidos. Parecía que el único objetivo fuese, sencillamente, finalizar los días. Y así... una vida. Ingrid estaba convencida de que, aunque el mundo comenzara de nuevo, todo habría seguido exactamente por el mismo camino.

Muchas de esas personas de vidas apresuradas ignoran que, en el transcurso de sus cotidianidades, otros se están acordando de ellos. Seres que desde la soledad llenan sus horas de buenos deseos hacia esos hijos y nietos queridos, ahora tan lejanos.

Para los niños que llenaban de música y color El Hogar existía un mundo paralelo al de ellos. En él podían comprenderse, identificarse. Un mundo sencillo, sin pretensiones, pero mágico e impregnado de fantasía, repleto de pequeños objetos sagrados en forma de peluches, muñecos y dibujos. Ellos sí que percibían el valor de la pequeña caja de música de Maggie o la flor seca que guardaba Thomas. Acariciaban las imágenes de los santos que Mary coleccionaba o el barquito tallado de Arthur. Su forma de observar ese pequeño gran mundo de cariño y fidelidad concentrado era idéntica. Lo verdaderamente trascendente se pierde, a menudo, a mitad del camino.

Ingrid pensaba que quizá por eso, esto de vivir era como un círculo perfecto: se regresaba a la infancia en la vejez y se era tan sabio nada más llegar a la vida.

PRIMAVERA

Un soplo de brisa

EN OCASIONES LA BRISA fresca llegaba en forma de un niño que corría en busca de Ingrid.
—¿Dónde está? —dijo Max, casi sin aliento.
Todos sabían por quién preguntaba.
—Tranquilo, espera aquí. Se está arreglando, ahora saldrá.
—Es que tengo una cosa.
—Tú no te preocupes que ahora viene.

En ese momento, mientras Magda estaba acabando de recoger los desayunos, Max vio a Ingrid aparecer tras la puerta. Ese día parecía muy cansada.

Fue mera intuición lo que le llevó a abalanzarse sobre ella para darle un abrazo. Las sensaciones fluían por el aire y eran captadas sutilmente por ambos. Pura energía. Él sabía que su amiga le necesitaba ese día.

—Ven conmigo, ¡vamos!
—Espera. Espera, Max, que yo no puedo correr...
Ese día el muchachito no tenía ganas de esperar y no lo hizo. Tiró del brazo de su amiga hasta la sala de dibujo. Allí algunos niños estaban abstraídos con sus acuarelas, pringándose las manos sin el menor cuidado. Incluso algún mayor aprovechaba esa deliberada permisividad. Era divertido tener de nuevo cinco años.
Max extendió sobre una esquina de la mesa su cuaderno torpemente grapado.
—Esta eres tú —espetó mientras le señalaba uno de sus dibujos.
Ingrid vio una figura alargada, mucho más estilizada de lo que ella era en realidad. Llevaba unas gafas y un moño. Había una casa y varios niños dibujados de perfil, con los ojos enormes y sin nariz. Y en todas las escenas había un animal que ella intuyó que era un perro. Tenía un aspecto curioso, peludo con manchas y un flequillo como si llevara un casco.
—Vivimos todos aquí —le dijo Max, y añadió—: El perro Flequete nos ayuda a resolver misterios, y tú cuidas de la casa.
—A mí también me gustaría resolver misterios con vosotros.
—Tendrás que meterte por túneles —enfatizó con emoción el niño.
—Me has dibujado muy delgada y alta...
—Sí, y con el mismo pelo que tú tienes. Y tus gafas. ¡Eres tú!

—Oye, Max, si no puedo meterme en túneles y pasadizos, ¿me contarás todo lo que habéis descubierto?

El niño asintió enérgicamente.

—¿Y qué hace ese perro tan extraño?

—Es el jefe. Él manda.

—¡Qué inteligente! ¿Y tú quién eres?

Max señaló al más pequeño de todos los niños. Tenía el pelo negro en vez de rubio como él, llevaba puesta una gorra con visera y sujetaba una lupa enorme entre los dedos, o eso parecía.

Max hablaba sin parar de todas las aventuras que iban a vivir juntos. Ella lo observaba sonriente mientras tomaba su mano para guiarlo por las líneas que definían aquella multitud de personajes y objetos. Juntos colorearon el jardín de aquella idílica mansión de los misterios.

—¡Ingrid, pintas muy bien!

En uno de los huecos de la parte superior de la lámina añadió un sol que reía con largos rayos entrecortados a su alrededor. Era el sol de su infancia. Compartirlo con Max volvía a insuflarle vida. Ese astro lleno de luz que ya solo estaba en sus recuerdos.

Pasaron tres horas dibujando, que transcurrieron como un instante. Solo interrumpió ese mundo mágico en el que ambos estaban inmersos la dicharachera Magda cuando entró con unos tazones de leche y unas deliciosas pastas para mojar.

Aquella noche, al apagar la luz de su mesilla, Ingrid viajó rejuvenecida por las estrellas y las galaxias que Max había recreado en su aposento el invierno anterior. Tal vez así, el mañana trajera, de nuevo, otro soplo de aire fresco.

Vivir de recuerdos

EN EL PEQUEÑO JARDÍN y en la terraza de la Sala de Nogal los jilgueros y los herrerillos ponían música a las mañanas. Despertares de primavera que no siempre surtían ese efecto renovador en el semblante de muchos de los habitantes de El Hogar. A pesar de la enriquecedora convivencia entre los residentes y los niños, algunos atardeceres también caían a plomo sobre los fatigados cuerpos y las mentes de los ancianos.

Aquella era una de esas tardes lentas que usualmente destinaban a ver películas de cine. Solían ponerse de acuerdo en escoger alguna clásica, pero no siempre coincidían en la elección.

—¡Nada de películas tristes! —advertía Helga.

Durante el último año se había salido con la suya poniendo en más de diez ocasiones su largometraje favorito, *En el estanque dorado*, con sus idolatrados Katharine Hepburn y Henry Fonda.

Ese día tocaba *La ventana indiscreta*. Tras los primeros fotogramas, la mente de Ingrid viajó de forma repentina. Se vio a sí misma viendo esa película cuando era joven, abstraída por la narrativa fascinante de Hitchcock y los vestidos de Grace Kelly que tanto le habría gustado lucir. Podría haberlo hecho porque durante muchas décadas mantuvo un talle envidiable. Nunca tuvo ese pelo dorado y esas facciones delicadas de la actriz, pero a su manera había sido una mujer hermosa. Sus ojos grandes, oscuros y expresivos y su melena zaína, ahora mucho más fina y sin rastros de aquel tinte natural. Qué pena no haberlo aprovechado más. Lo que daría por poder ponerse ahora uno de esos trajes.

Pero su imaginación no se detuvo en el engalane que evocaban la juventud y la frescura perdidas. Viajó a los añorados días en que veía esa misma película junto a sus progenitores. ¿Podía haber un mejor momento de felicidad? ¿Podía haber mayor perfección que volver la vista y encontrarse con ellos? Qué fácil era todo entonces, cuando ser feliz o dar felicidad consistía en cosas simples e insignificantes, y enormes a la vez.

Mientras esos pensamientos iban y venían por su mente, su mirada se perdió en un lugar indefinido. Allí, en El Hogar, varios de sus habitantes sabían interpretar lo que es mirar dentro de uno mismo, y por suerte no les hacía falta preguntar qué le pasaba a uno o a otro en esos momentos. Lo sabían de sobra.

«Hoy va a ser una de esas tardes llenas de fantasmas», pensó Ingrid. En los años que pasó sola tras la muerte de Steve, caminó a ciegas, sin apoyos. Antes siempre había estado él, colmando esa mitad de sí misma. Ese amigo que la cogía de la mano. Un amor sin recodos, sin esquinas. De complicidad y refugio. Fue ese un caminar seguro, armónico, acompasado. Al menos, el dolor tampoco era eterno. Seguramente, ella había sido la mujer más afortunada del mundo. Querer y saber que te han querido, no había nada más grande.

¿Qué más se podía pedir?

Que hubiera durado para siempre.

Los mayores vivían de los recuerdos. Algunos decían, incluso, que la vida era una estafa, algo que no repetirían. No lo fue, en cualquier caso, para Ingrid.

—¿Qué has tocado, Mary? —La voz estridente de Helga sacó de golpe a Ingrid de sus pensamientos—. ¡Te tengo dicho que no toques el mando, que no te aclaras con los botones!

—Yo no he hecho nada, solo estaba subiendo el volumen, ¡estos cachivaches son muy complicados! —protestó una compungida Mary.

—Ese no es el del volumen —puntualizó Thomas intentando volver a sintonizar el canal del vídeo.

—¡Traed aquí ahora mismo el cacharro este del diablo, que me vais a dejar sin ver mi escena favorita!

En ese momento Helga se levantó como un huracán y en dos rápidos movimientos ya había recuperado el mando, que se llevó a su butaca para que nadie osara tocarlo de nuevo mientras la despistada Mary le lanzaba una mirada de reproche.

En la película, la audaz actriz protagonista estaba a punto de ser pillada en el piso del «malo». Ingrid regresó lentamente del letargo y se retiró a su habitación a revisar sus viejas fotografías. Lo prefería, como había hecho centenares de veces. Hoy no habrá debate sobre la película, ni partida de Scrabble que jugar ni novelas que leer. Decidió amenizar su introspección con música de Django Reinhardt. Siempre había sido un buen aliado y esperaba que también lo fuera esa noche.

Ingrid no sabía que en ese mismo instante un niño de pelo dorado estaba inclinado sobre un papel, muy concentrado, dibujando a la nueva heroína de las historias nacidas de su febril imaginación.

Abril alargaba los días. Para Ingrid siempre fueron los mejores del año, cuando no quería que se le escaparan las horas. Cuando deseaba, enfermizamente, atrapar el tiempo.

Historias

UN DÍA INGRID vio llegar a Max con un delfín construido con cartulinas y papel de celofán. En la residencia acababan de hacer un taller sobre el fondo del mar.

—¿Has escuchado alguna vez el sonido de los tambores del mar? —preguntó de repente ella.

Max abrió los ojos como platos. Sabía que eso era el preludio de una nueva historia. Y se sentó en el suelo con las piernas cruzadas frente a la anciana.

—¿Qué tambores?

—Los de las marionetas del emperador —respondió Ingrid, enigmática—. ¿Es que no conoces esa historia?

—¡No! ¡Cuéntamela! —La respuesta entusiasta de Max había atraído a otros niños que estaban cerca. Poco a poco Ingrid iba teniendo más público del que esperaba.

—¡Y a mí! ¡Y a mí también! —gritaron en coro varios de sus nuevos espectadores. A Max eso de no tener él la exclusividad en ese rato de cuentos no le hacía mucha gracia, así que se adelantó para sentarse aún más cerca de Ingrid.

—Pero ¿y si os da miedo?

Aquello fue suficiente para que la ovación fuese unánime. Ingrid abrió el cuento y entonces, modulando la voz y con su peculiar gesticulación, les contó la increíble historia de las marionetas del emperador...

«Hace mucho tiempo, cuando los reinos de estas islas eran prósperos y colmaban de felicidad a sus habitantes, se decidió celebrar un concierto en honor del emperador. En aquellos días, la orquesta más famosa era la de las marionetas musicales dirigidas por Vladimir Strogoff. Tocaban mucho mejor que los humanos y su dedicación era absoluta, especialmente la del encargado del tambor, Sergei. Era el más entusiasta, pero también el más malhumorado, tanto que a veces asustaba a sus compañeros. Ansiaba por encima de todo su propio éxito y esa iba a ser su ocasión más importante. Ensayaron durante días y días la composición que iban a dedicarle al querido emperador.

Cuando por fin llegó el día, guardaron a las marionetas cuidadosamente en una caja y partieron en el barco que había de arribar a puerto al día siguiente. Pero jamás llegaron a su destino. Una tormenta los sorprendió durante la noche. No sobrevivió nadie y el barco se hundió en la oscuridad del fondo del mar. Las marionetas, que se sabían presas de su mala suerte, se desesperaron, mas el director, cuyo corazón de madera era noble y cauto, les dijo a todas que permanecerían allí, unidas, tocando hasta que se fundieran con el propio mar. Pero Sergei no estaba de acuerdo y, desoyendo los consejos de sus compañeros, escapó. No quería acabar encerrado y olvidado. Consiguió llegar al puerto y tocó su tambor tan fuerte que resonó por todas partes, lo que provocó olas gigantescas que barrieron todos los reinos, incluido el del gran emperador. Su ira siguió creciendo y los años, otrora luminosos, se tornaron grises. Su traición y codicia lo convirtieron en un pedazo de madera melancólico, sin sentimientos, en un mundo que ya no sabía escuchar. Su tambor atronaba la Tierra, pero jamás afloró de ella una melodía. Pasaron los siglos, hasta que se cansó de tocar y se sentó a esperar. La gente abandonó aquellas costas y no fue sino mucho tiempo después que una niña halló esa figura de madera, desfigurada, de ojos inexpresivos, en medio de la arena. Al contemplarla, pensó que era la criatura más triste y solitaria de la Tierra y se la llevó a casa. A todos los mayores les causaba pavor, pero la niña sentía lástima por él...»

Los niños seguían escuchando, atónitos, y ya eran casi una decena los que la rodeaban. Aunque aquella historia, en realidad, no les daba miedo.

—Pero ¿esto pasó de verdad? —preguntó Sam, un niño de los más mayores de la guardería que tenía cierta tendencia a querer llamar la atención.

—¡Pues claro que pasó, qué tonterías preguntas! —le interrumpió Max, enojado porque ponía en duda una historia de Ingrid, y porque ese niño quería robarle el protagonismo.

—¿Qué pasó después? ¿Volvió a tocar? —insistió Sam.

—No, no. Sergei guardó silencio, pues su corazón había dejado de latir —respondió Ingrid.

—¡Se lo merecía! ¡Era malo, era malo! —gritaron algunos.

En ese momento, una de las niñas más pequeñas, Karen, rompió a llorar. No entendía la historia y, además, un niño llamado Michael llevaba un buen rato dándole empujones e intentando quitarle los lazos que adornaban sus coletas. Alice intervino y se los llevó a los dos.

Ingrid les contó que la niña que había encontrado aquella marioneta la arrojó al mar de nuevo, pero, cuando Sergei encontró a los músicos, estos yacían inertes. Las mareas que había desatado con su traición les habían arrebatado sus instrumentos y ya no pudieron tocar más. La amargura se apoderó de él y se condenó a sí mismo a tocar una sola nota musical en las noches sin estrellas.

«Es una nota monótona y fantasmal, cuyo timbre y cadencia traiciona a los marineros desprevenidos y se lleva consigo las almas de quienes tienen la desgracia de pasar por allí...»

—Ingrid, yo he escuchado esos tambores —afirmó Max con ímpetu—. El año pasado, cuando fuimos con papá al mar, los oía cuando buceaba, que a mí me sale muy bien bucear.

—¿Y no te dio miedo? —añadió Sylvia con expresión de alarma bajo sus gafas de montura verde.

—¡Nooooo, no dan nada de miedo! —Max estaba dispuesto a impresionarlos a todos. A la primera, a Ingrid.

—Pues yo, si viera a Sergei... ¡le daría una patada! —respondió Sylvia.

—¡Yo también sé bucear! Y... y, además, cojo los peces con la mano, y me siguen. —Sam percibía esa competencia con Max.

—Pues yo, pues yo... vi tortugas una vez, ¡así de grandes! —exclamó Sylvia abriendo los brazos desmesuradamente—. ¡Y camellos! Yo aún llevo el flotador, pero también sé bucear —agregó.

—¿Camellos? ¿En el mar? —preguntó Max.

—A mí una vez me mordió una langosta... —dijo otro de los chiquillos.

—¡Hala, qué dices! ¡Las langostas no muerden, pican! En el barco de mis papás a veces hemos visto ballenas y tiburones, esos sí que muerden. —Sam quería llevar la conversación a su terreno. Los demás niños, exceptuando a Max, que quería seguir escuchando la historia, empezaron a levantarse imitando los supuestos sonidos de los animales que acababan de confeccionar en el taller.

Ingrid comprendió que aquello empezaba a descontrolarse. Pero era divertidísimo.

Ella también, hacía mucho tiempo, podía ver cosas bajo el mar. Mientras los niños proseguían su retahíla de ocurrencias, su mente regresó a uno de sus postreros veranos, cuando ella era ya muy mayor. Volvían, nítidas, las sensaciones de uno de sus últimos baños en aquella patria de todas las infancias, en su caso, junto a una playa al sur de California.

Recordaba que el frío era intenso y amenazaba con traicionarla. Miró hacia atrás, estaba alejándose mucho. Pero la sensación era demasiado placentera. Ralentizó su movimiento y respiró hondo. Y fue entonces cuando miró hacia abajo y contempló el movimiento de las algas, que seguía un compás increíblemente bello e hipnótico. Se sumergió para tocarlas y notó cómo las gélidas aguas se colaban por cada poro de su piel. Ella ya había estado allí antes, muchas veces. No creía que después de tanto tiempo todo permaneciera igual.

Había barcos hundidos, podía ver sus mástiles y sus cascos sobresaliendo del lecho marino, historias de naufragios traicionados por el embate fiero de oleajes y batallas. Entre esos esqueletos gigantes había tesoros... y también fantasmas. Jim Hawkins y Billy Bones seguro que pasaron por ahí. Algo más allá había una ciudad de cristal. Entre sus destellos pudo ver a una sirena que se dirigía directa hacia la superficie, sin hacer caso a las advertencias de sus hermanas. Una criatura abisal se acercaba por detrás. Era el Nautilus, en cuyo interior Ned Land y el capitán Nemo trazaban sobre una carta náutica la ruta de su fascinante viaje. Braceó un poco más y percibió un leviatán de color marfil con el cuerpo acribillado de cicatrices que parecía estar buscando algo o a alguien. Moby Dick le lanzó una advertencia con la mirada, pero no era a ella a quien perseguía. En aquel lugar podía haber cualquier cosa, pero no sentía ningún miedo. Deseaba quedarse allí para siempre. Tal vez llegaría a Madagascar, donde se abastecían los corsarios de Salgari y Doyle.

Contemplaba sumergida esa cadencia de miles de páginas leídas. Mientras continuase allí, no podría pasarle nada malo, porque el mar estaba de su parte, o eso creía ella. Aunque ahí abajo podía respirar, decidió ascender. La brisa rizaba las olas, su azul se había vuelto muy oscuro, casi gris, y no había islas recónditas y enigmáticas. Ya casi no distinguía la costa y algunos cargueros avanzaban con sus quillas amenazantes hacia ella. Había ido demasiado lejos.

Cuando abrió los ojos, no estaba dentro, sino fuera del agua, contemplando el trazo que muestra el oleaje al romper. Recordaba que la marea estaba crecida y que por eso había decidido permanecer frente a la orilla. No sabía por qué esa ensoñación se había interrumpido. Tal vez fuera su piel curtida y su alma vieja lo que amenazaba con arrebatarle la mirada. El embate de ese mar podía ser traicionero y, sin embargo, si avanzara rápido y atravesara las olas por dentro o por encima, como solía hacer antes, podría volver a contemplar, una vez más, sus pies moviéndose ingrávidos sobre ese fondo sin fin. El reino del silencio donde habitan todos los veranos.

Max fue el único que se percató de que Ingrid, inmersa en sus recuerdos, ya no estaba en esa sala. Le tiró de la manga.

—Ten —dijo sin más, y le tendió el delfín que había hecho un rato antes en el taller—. Es para ti. Se llama Oliver —añadió.

Ingrid cogió la figura que él había hecho. Se fijó en la silueta mal recortada. Max le había pintado al delfín una camiseta a rayas verdes, como las de su jersey favorito. La anciana sonrió y le dio un beso.

Ahora estaba tan lejos de aquella playa, de aquel olor intenso a salitre, tan lejos del añorado azul turquesa... Era casi un milagro encontrarlo, de nuevo, reflejado en los ojos de ese niño maravilloso.

El coro de voces infantiles seguía mientras Ingrid acariciaba a su pequeño delfín.

El pajarito

LA MAYORÍA DE LOS AMIGOS que Ingrid tenía en El Hogar no temían a la muerte. Temían a la enfermedad, a las limitaciones de la propia vejez. Para ellos había sido mucho peor asumir un desgaste progresivo. Las estancias en el hospital para superar fracturas, infartos o las malditas gripes. Ahí sí existió miedo a una decadencia, a un mal final. A no poder valerse por sí mismos o a convertirse en una carga. Sobre sus conciencias llevaban injustamente un doble peso: el de las propias dolencias y el de hacer infelices a otros, por una circunstancia tan inevitable como natural.

La vejez era una de las cosas más incomprendidas que existían. Eso es lo que Ingrid pensaba, incluso mucho antes de alcanzar ella misma esa edad en la que uno identifica las horas por las pastillas que hay que tomar. Lo que hubiera después era para algunos, los que creían en la existencia de un más allá, un reencuentro con las personas que quisieron, de modo que se convertía, incluso, en algo esperanzador. La fe era una buena compañera de viaje, un lugar donde dejar reposar las preguntas sin respuestas. O donde no buscarlas. Para los que dudaban, esa certeza era en ocasiones un descanso y, en otras, una incógnita que hurtaba ese descanso.

Ingrid se juró a sí misma que, si su mente no la abandonaba, ese final llegaría de una forma digna y serena. Ese pulso se mantuvo firme hasta que falleció su marido Steve. Entonces empezaron los remordimientos por las palabras no pronunciadas a tiempo. Solo cuando sucede alguna fatalidad se discierne lo esencial de lo superfluo. Sin embargo, Ingrid también sabía que esos aprendizajes se olvidaban rápidamente. No es fácil aprender a ser feliz cuando se ha olvidado cómo serlo.

Max sabía, porque sabía observar, que algunos habitantes de la residencia apenas podían moverse o que respiraban con dificultad. Él y los demás niños convivían a diario con eso. Pero no existía rechazo. No había ningún artificio en sus reacciones espontáneas ante la fragilidad de sus compañeros. Intuían lo que necesitaban y se lo entregaban. En realidad, se trataba de algo muy simple que los ancianos creían haber perdido: el amor, el mayor aniquilador del miedo.

En la habitación del nonagenario Arthur había un pajarito amarillo. A los niños les gustaba tanto que, a menudo, él lo llevaba a la Sala de Nogal para que le dieran de comer. Los días soleados sacaban la jaula a la terraza y el pequeño canario trinaba sin parar. Los críos emitían chillidos agudos tratando de imitarlo, pero solo parecía reconocer los sonidos que articulaba Arthur con sus ágiles silbidos.

Arthur les explicaba que Piquito, como se llamaba el canario, seguramente habría sido en otra vida una cantante de ópera que había regresado a la Tierra en forma de pajarito. Los pequeños no entendían de reencarnación, pero, curiosamente, habían dibujado a Piquito bajando de las nubes y rodeado de otros pajaritos que aplaudían.

Un día Piquito dejó de cantar. Algunos niños se echaron a llorar cuando Arthur les dijo que no podrían verlo. No quería que lo molestasen. Pasaba horas hablando con su ave cantora, necesitaba escucharla de nuevo. Arthur recordaba que la música del campo, la de los pájaros, había sido la banda sonora que acompañó sus primeros pasos por la vida. Ese sonido era también el olor a pueblo y la voz de su madre. Era él mismo, ochenta años atrás, con la piel tostada por el sol, un pelo indomable y las rodillas sucias llenas de arañazos, dispuesto a conquistar cada rincón del mundo.

A Max no le pasaron desapercibidos los ojos enrojecidos del anciano y lo habló con Ingrid.

—Me parece que está llorando. Cuando Setter está triste, lo llevo donde hay verde y ahí se pone a correr. ¿Y si dejamos suelto a Piquito para que pueda volar hacia el parque?

—Eso tenemos que preguntárselo a Arthur...

Cuando Max le contó a Arthur su plan, este se lo quedó mirando dubitativo. Su primera reacción fue la de retener allí al pájaro, porque creía que, a base de paciencia, él podría lograr que se pusiera bien.

«Déjalo marchar», «No tengas miedo»... Las palabras surgían de algún rincón de su interior, resonaban como si el anciano las hubiera escuchado antes.

Max vio que Arthur, finalmente, asentía con la cabeza.

En la terraza de la residencia prepararon dos recipientes, uno lleno de semillas de alpiste y migas de pan y otro con agua.

—Para cuando regrese —dijo Max.

La pequeña ave salió lentamente de la jaula, cautelosa. Con miedo. Miedo a la libertad que le proporcionaba, paradójicamente, aquel pequeño hogar. Arthur y Max contemplaban cómo ese ser diminuto y frágil agitaba las alas. Dio dos, tres saltitos, y ascendió por una de las ramas de la enredadera que cuidaba Mary. Entonces, echó a volar.

Hacerse mayor a veces consistía en aprender a desprenderse. Para otros, a aferrarse. Aquel día Arthur dejó ir un pedazo de sí mismo y, aunque lo echaba de menos, se sintió más liviano.

Aprendió a decir adiós. O hasta pronto. Existía un consuelo cuando se comprendía el orden natural y efímero de las cosas.

Un día de esa primavera, sobre el tronco de una de las acacias que estaba justo enfrente de la residencia, se posó un viejo pájaro amarillo. Su canto duró unos instantes y luego se marchó para siempre.

Conexiones

SOPHIE SE IBA volviendo cada vez más pequeña. Su mundo y su tiempo retrocedían, día tras día. De lo más complejo a lo más simple. Ahora se expresaba más con gestos que con palabras, y los más pequeños parecían comprender cada uno de ellos. Se mostraba como si fuese desprendiéndose de capas de aprendizajes y vivencias, hasta llegar a las primeras. Algunos decían que era muy mayor. Era justo al revés.

El mundo interior, el primigenio, se abría paso de nuevo en su mente. Los niños aprendían mientras ella olvidaba cómo hacerlo. Y, sin embargo, todo coincidía en el tiempo. Era un encuentro mágico, atemporal, que le devolvía la sonrisa. Una sonrisa espontánea, sencilla. La misma que seguramente había tenido de niña. A los pequeños les encantaba esa mujer porque era la que mejor jugaba y una de las más complacientes y divertidas de El Hogar.

A ellos no les habría sorprendido ver a Sophie dándole un beso de buenas noches a su muñeca preferida antes de acostarse. Su enfermedad incomprendida, tal vez molesta para muchos adultos, pero devastadora para el alma de los que la conocieron, les regalaba, en cambio, momentos únicos en ese pequeño universo. La belleza existe bajo todas sus formas en la infancia, incluso en las más terribles.

Los pequeños no eran conscientes de que, gracias a ellos, cada día acababa con un pequeño milagro.

Uno de estos sucedió un viernes. Era una mañana fría, que recordaba a aquellas de finales del otoño. Se notaba en la luz y en el aire. Aquel día Sophie no quiso ir a jugar con los niños. Tuyet, la cuidadora vietnamita, la había peinado como siempre y le había puesto su collar de cuentas perladas de doble vuelta. Pero ella se quedó sentada en el borde de la cama con los brazos recogidos, como si se encerrara en sí misma. Tenía una expresión de extrañeza en la mirada. Parecía contrariada, confusa. Y también triste. Thomas e Ingrid, alertados por Tuyet, fueron a su habitación y se sentaron a su lado. No hicieron preguntas. Era un mal día para ella y bastaba con estar ahí. Juntos.

A Ingrid se le ocurrió la idea de llevarla a la sala de los más pequeños. En esa estancia solo había bebés que cuidaban las enfermeras más experimentadas del centro. Sophie se puso a caminar de la mano de sus dos acompañantes, con desgana.

Agnes, una de las asistentes, les hizo una señal para que pasaran y les indicó un lugar donde poder acomodarse. Ese día había seis bebés. Una estaba incorporada y miraba con curiosidad desde su cuna. Tenía ya un pelo enjuto, azabache, que poco cambiaría, y unos ojos grandes y rasgados que delataban su origen hispano. Vestía un suéter azulado bajo un peto con botones. Agnes la cogió en brazos y se la puso a Sophie en el regazo con sumo cuidado. Entonces sucedió.

La niña fijó sus ojos en los de Sophie. Ella enfocó la visión y, de repente, la tristeza desapareció. Estaba atenta a los movimientos del bebé, le cogió su manita y empezó a hablar con ella.

—Hola, cariño...

—Se llama Valentina. Es una niña preciosa —comentó Agnes.

—Valentina, Valentina bonita... —repetía Sophie mientras la acunaba entre sus brazos.

Milagrosamente, el Alzheimer ya no estaba en esa sala y la mujer que un día acarició las notas de Chopin con su piano respondía a cada estímulo. Ella, que había cuidado a sus hijos y nietos, volvía a asumir ese papel protector. Y esa niña se sentía a salvo con ella. Esa conexión, que devolvió a Sophie al mundo del que se desvanecía, fue mágica. Thomas, Ingrid y Agnes se miraron entre ellos y desearon que aquel momento no acabase nunca.

—Sophie, ¡eres sorprendente! —dijo Thomas al salir.

Pero el instante se había esfumado y ella ya no comprendía lo que le estaban diciendo.

En la habitación de la vieja pianista el sol incidía sobre las fotografías que decoraban la pared. Muchas eran en blanco y negro y una mostraba a una joven de frondosa melena oscura que posaba sombrilla en mano en una playa solitaria. Otras, en color, mostraban a esa misma mujer con el pelo más corto junto a sus hijos y su marido. Las más recientes, con un bebé en brazos, su último nieto.

Sophie había pasado su vida cuidando de los demás. En cierto modo, cuidando del futuro. La suya había sido una existencia abnegada de entregas. Quizá ella no pudiera ver ya nada a través de esas imágenes que testimoniaban su propia vida. Pero ese día recordó quién era. Quién había sido.

Aquel viernes radiante y frío de primavera a Sophie le habían devuelto lo que ella había regalado durante toda su vida.

Vestidos de época

POR LA MAÑANA les comunicaron la noticia. Arthur había fallecido esa noche, mientras dormía. En los pasillos las miradas consternadas se buscaban entre sí. Qué vacío iba a quedar todo aquello sin su voz atronadora protestando contra todas las injusticias de la sociedad. Su galantería, su sentido del humor absurdo. Sus recuerdos rurales, sus silbos cual pájaro libre. Para muchos no solo era un amigo, era un pilar, algo que no puede faltar.

El abatimiento dio paso a esa lenta resignación en la que, poco a poco, todos fueron cayendo. Tras los abrazos, el silencio solo se interrumpía con la oración de algunos. La alegría del caballero Arthur había quedado sellada entre aquellas paredes y en el alma de todos sus moradores.

Quizá porque los niños les habían otorgado una nueva perspectiva de ver las cosas, ese día no iba a ser una despedida como las demás. Maggie, la peluquera, tuvo la idea. Los que pudieran asistir al sepelio lo harían vestidos de época, así que les pidió a todos que rescataran sus mejores trajes. De repente, algo había cambiado en el ánimo de El Hogar. Una despedida que no fuese mohína, que fuera una fiesta. Al fin y al cabo, eso era lo que tarde o temprano iban a conocer todos, de modo que ¿por qué no hacerlo de forma distinta? Tal vez el verdadero sentido de la vida fuese no tratar de buscarle a esta demasiado sentido.

Hoy parecerían ellos los jóvenes, y no sus pequeños compañeros de residencia, quienes, en ese mismo momento, irrumpieron en la sala.

—¡Ooooohhh, qué guapos! —exclamaron los niños mientras tocaban los vestidos y se probaban los sombreros.

Max observó que Ingrid entraba en la pequeña capilla. Llevaba un traje muy raro, parecía un disfraz. Junto a ella, Sophie, Maggie y Thomas estaban también ataviados con vestimentas singulares. Helga y Gilda caminaban solemnes y engalanadas cogidas del brazo.

¿Por qué su amiga no le había avisado de que hoy tenían que disfrazarse?

—Ingrid, ¿por qué lleváis una ropa tan rara?

—No son raros. Son los trajes que se llevaban en los guateques cuando nosotros éramos muy jóvenes. ¿Te gusta? —Giró sobre sí misma y la falda plisada que llevaba se agitó con un movimiento grácil. Entonces, se ladeó el sombrero.

—Sí, es muy chulo.
Max pensó que Ingrid era una mujer muy divertida.
—Voy contigo —añadió, y la cogió de la mano.
El chiquillo no pensaba perderse esa celebración, no era habitual en mitad de la semana algo tan especial. Pero Alice empezó a llamarlos para conducirlos a la sala de los juegos. Él se quedó contrariado.
—No, Max. Hoy vamos a dejarlos a ellos solos.
—¿Por qué?
—No los entretengas, vamos.
La tutora intentaba poner orden en la alterada fila de niños. Ingrid le hizo una señal con la mano para que aguardara.
—Vamos a despedir a Arthur —le explicó a Max con tiento—. Nos hemos vestido así por él. Luego, cuando regresemos, pondremos su música favorita. Ya verás, bailaremos todos, será muy divertido.
—Pero ¿dónde se ha ido Arthur? ¿Él también se ha disfrazado? ¿Dónde está?
—Ya no podremos verle más... Se ha ido para siempre. Pero, Max, no te preocupes, no estaba triste, y nosotros tampoco lo estamos, ¿lo ves? —La sonrisa de Ingrid era del todo sincera.
—Está en el cielo..., ¿no? —Max pensó que ese «para siempre» solía significar eso. Que uno se iba al cielo.
—Pues... a Arthur —prosiguió Ingrid— no le agradaban demasiado las alturas... Yo creo que se ha ido a otro sitio, donde la gente se viste así de elegante. Por eso hemos decidido hacer una fiesta para él. Vamos a

celebrar que ahora está donde más le gustaba estar y con las personas que quería.

El niño sentía algo similar a una opresión en el estómago. Algo que pesaba. Y que dolía. Era un sentimiento extraño y sabía que tenía que hacer algo por él. Le pidió a Ingrid que esperara tan solo unos momentos. Regresó con un dibujo.

—Para que se lo lleve. Dáselo.

En la lámina había pintado un pajarito amarillo. Era Piquito.

Sin decir nada más, Max le dio un beso a Ingrid y se fue con los demás niños. Estaba seguro de que a ella le encantaría el regalo que había hecho para Arthur. Con lo alegre que había sido aquel señor, cuando viera su dibujo aún se pondría más contento.

Ese día las acacias parecían estar afligidas y sus troncos se veían aún más retorcidos y agrietados. Un grueso haz de luz cruzaba en diagonal desde uno de los ventanales orientados hacia el este. Al rato, la fiesta continuó en la Sala de Nogal.

El aniversario

UNAS SEMANAS DESPUÉS de despedir a Arthur el ambiente de El Hogar se resistía a dejar de ser festivo, al menos para una gran parte de sus moradores. Se antojaba aquella una primavera atípica. Coincidieron los cumpleaños de dos de los niños, que celebraron organizando una fiesta de payasos en la que pequeños y ancianos se pintaron las caras, y la Sala de Nogal fue testigo de las más divertidas representaciones. Poco después le tocó el turno a Maggie.

—¿¡Cien velas!? ¡No cabrán! —Max contemplaba con emoción la bolsita que había traído Ingrid.

—Pues tenemos que ponerlas todas, porque son los años que cumple hoy. ¿A que a ti no te gusta que falte ninguna cuando las soplas? Ya verás como sí que cabrán. —Ingrid seguía sacando, una tras otra, pequeñas velas de colores de la bolsa.

La cocina normalmente era territorio acotado para los ancianos, y mucho más para los niños. Allí solo trabajaban Ángela y Fred, los artífices culinarios que a diario vigilaban escrupulosamente la dieta de los residentes. Pero ese día Ingrid les pidió que les dejaran a ella y a Max ayudar.

Cacao, huevos, harina, levadura, leche, azúcar... Iba a ser una monumental tarta de chocolate, que era la pasión de Maggie. Max miraba el libro de recetas, pero solo se fijaba en el dibujo final. La forma tenía que ser esa, la que salía en el libro. De reojo, Ingrid observaba cómo el pequeño se chupaba las manos manchadas de chocolate. Más de una vez. Además, tenía pringues del dulce por el rostro y en su pequeño delantal. Al rato, tanto el niño como la prenda estaban para ir directos a la lavadora.

—No te lo comas aún, ¿eh? —le advirtió, de nuevo, al chiquillo.

—No, si yo no me he comido nada.

—¿Seguro?

—Seguro. No sé si estará buena, pon más chocolate por si acaso...

Max no podía, ni quería, evitar comprobar si los ingredientes estaban en su proporción correcta. Ingrid, al ver la irreversible escena, le encargó hacer los adornos de nata que irían sobre la tarta. Como el animal favorito de Maggie eran las tortugas, intentó hacer una figurita de crema lo más parecida a una. En el «Feliz cumpleaños, Maggie», las últimas letras quedaron diminutas porque no había calculado bien el espacio. Deliciosa imperfección.

Maggie se había arreglado para ese día más de lo que ya era habitual en ella. No escatimó con el pintalabios ni con el colorete. El pelo, que nunca dejaba que nadie tocara, se lo acicalaba con unos rulos grandes para darle cuerpo y volumen. Finalmente, eligió un elegante traje azul. Sus hijos y nietos iban a estar presentes y quería impresionarlos en ese día tan especial.

Magda, tan diligente como siempre, la ayudó a levantarse y acercó el andador con el que la anciana centenaria se sentía segura.

—Hoy no, hoy lo haré yo sola —le dijo a Magda.

Maggie normalmente hablaba con dificultad, casi en susurros, pero esa fue una orden clara.

—Iré de tu brazo —añadió.

Ambas llegaron triunfales a la Sala de Nogal, donde ya estaban esperando, emocionados, sus familiares, que no cesaban de aplaudir. En la estancia no faltaba, además, ni un solo habitante de El Hogar. Ese día estaba casi repleta. A los niños les habían pedido que se quedaran en un rincón. Iban ataviados muy graciosos, con sombreritos, y llevaban unos cucuruchos llenos de confeti. Tenían la misión de cantar el «cumpleaños feliz para ti». Los acompañaba José Manuel, un cubano setentón que había pasado los últimos años trabajando en un bar de copas en el malecón de La Habana. Era uno de esos hombres que habían vivido de noche y dormido de día. Guardaba de esa época unas maracas. Él decía que estaban hechas de una madera única y las guardaba en una caja acolchada, como de si de un Stradivarius se tratase.

Cuando entró Maggie, el coro empezó a destrozar la canción entre gritos, tonos desacompasados, risas y aplausos. Aquello no lo salvaban ni las maracas de José Manuel. Pese a todo, para ella y los demás presentes fue la canción de felicitación más maravillosa que jamás habían escuchado. Ángela, Fred, Ingrid y Max entraron con la tarta. Habían apagado algunas luces, no todas, y las cien velas iluminaban como si irrumpiera una antorcha olímpica. Magda no le quitaba ojo al extintor, situado en una esquina junto a la puerta. «Solo faltaría sufrir ahora una desgracia y aparecer en todos los periódicos por una tontería», pensó.

—¡Sopla, tienes que soplar! ¡Pide un deseo! —gritaron al unísono.

Maggie hizo acopio de fuerzas y sus hijos y nietos, cerca de ella, la ayudaron a apagar toda esa ristra de velas.

—¿Qué has pedido? ¿Qué deseo has pedido? —inquirieron los niños.

—Repetir el año que viene con todos vosotros. Todos juntos.

Aquella tarde, entre abundantes paquetes y ramos de flores, sonaron las alegres canciones que Selma, una de sus hijas y aficionada a tocar la guitarra, había preparado. Y José Manuel, con mucha maña, la acompañó maracas en mano a ritmo de salsa. Todos acabaron bailando, aunque algunos ancianos solo pudieran hacerlo con los brazos.

En un aparte, Max se dirigió a Ingrid:

—¿Tú también cumplirás cien años, o mil?
—Solo si tú me lo pides.
—Te lo pido —dijo, y le dio un beso en la mejilla.

Ese día parecía flotar algo especial en el ambiente de El Hogar. Concluía una primavera que nunca olvidarían.

VERANO

Promesas de verano

LA NUEVA ESTACIÓN llegó sin avisar. Después de varios meses de lluvias y de un clima más bien fresco, amanecieron días de sol implacable, lo que disparó las temperaturas en varios condados. El estío se había instalado para quedarse, pero el tiempo de compartir El Hogar con los niños tocaba a su fin hasta el siguiente otoño.

Ese día organizarían otro acto festivo, en ese caso para homenajear a los niños que, puesto que habían cumplido o estaban próximos a cumplir los seis años de edad, ya no regresarían tras las vacaciones estivales. Ese era el caso de Max.

Ingrid sabía que ese momento llegaría. El pequeño le había asegurado que después del verano volvería a verla cada día y que iba a convencer a su padre para que lo dejara estudiar allí con ella hasta llegar a ser astronauta. Para él, iniciar una «nueva fase» en la que los niños ya debían ir al colegio y empezar con obligaciones se le antojaba un castigo inmerecido para su edad. Y pensaba que si uno podía aprender en lugares tan divertidos como esa guardería, por qué los mayores se empeñaban en decirle que eso no era posible. ¿Por qué lo veían todo tan complicado cuando era tan sencillo? A veces parecía que quisieran hacerles infelices a propósito.

La fiesta de graduación se hizo por todo lo alto. Los niños «licenciados» llevaban birretes y túnicas negras que les habían preparado en la residencia. Tenían que desfilar por toda la Sala de Nogal al son de una música típica y luego lanzar los sombreros al aire, como en las graduaciones académicas. Ese momento generó una gran expectación y se oyeron aplausos en toda la sala. Cada uno recibía un título honorífico: «Al mejor dibujante», «A la mejor compañera», «Al mejor jugador de bolos», «A la mejor jardinera»...

Llegó el turno de Max y fue la propia Ingrid quien le hizo entrega de su diploma. En bonitas letras ribeteadas figuraba su nombre y su título honorífico, que ella había preparado con esmero días antes: «A Max, mi mejor amigo».

Max y los demás niños empezaron a saltar de alegría. Un día, en cambio, teñido de tristeza para Ingrid y tantos otros habitantes de El Hogar. Lo que habían abierto esos entrañables renacuajos en los viejos corazones ya no podría cerrarse. Nunca. Otra herida más que revelaba una leve distorsión en la expresión de sus miradas, nada comparable a lo que no se ve. El alma de los mayores está llena de cicatrices.

El padre de Max se acercó a Ingrid. La saludó con gran cariño.

—No deja de hablar de ti. Te adora, Ingrid.

El pequeño no soltaba a su inseparable amiga. Le decía, una y otra vez, que le mandaría postales y que durante el verano convencería a su padre para poder seguir allí con ella. Ninguno de los dos lloraba. Max porque estaba seguro de que regresaría. Ingrid porque hacía mucho que había aprendido a llorar por dentro.

Al rato se marcharon. Ingrid contemplaba sus siluetas, que se alejaban calle abajo mientras Max no paraba de girarse y tirarle besos al aire.

Como cada verano, varios de los compañeros de Ingrid se habían ido con sus familiares. Otros, como ella, se quedaron allí. Durante los calurosos días del mes de julio solía salir con Thomas y Emma a dar paseos por el barrio y romper el tedio con helados de vainilla. Por las tardes se sometían a sobredosis de películas clásicas, elegidas, cómo no, por Helga. Hubo momentos agradables, pero su mente siempre viajaba hacia el niño que tanto cariño le había despertado durante ese extraño, inesperado y maravilloso año.

A las pocas semanas le llegó una postal. En la imagen se veía la imponente mole de roca El Capitán de Yosemite. Tenía unas letras grandes e infantiles garabateadas en el dorso:

«Mira, Ingrid, he estado aquí, no he subido pero he visto una cascada y unos árboles gigantes. Papá me ha enseñado muchos pájaros y hemos visto pisadas de oso. Las encontró Setter. He cumplido seis años. ¿Qué tal lo estás pasando? ¿Irás a la playa este verano? Te quiero. Max.»

Había un osito dibujado por él entre las palabras «pisadas» y «oso». Y al final aparecía su firma con una esquina de la equis alargada que recorría serpenteando el nombre entero.

Ingrid dejó la postal en su mesita de noche, al lado de los retratos de sus padres y su marido.

Pasaron dos meses, y el otoño ya estaba próximo. No había vuelto a recibir noticias de Max. Las jornadas se acortaban y las noches se volvían frías y aciagas. Entonces llegó una carta suya, esta vez, junto al texto había una fotografía del puente de San Francisco:

«Hola, Ingrid, papá me ha dicho que vamos a vivir aquí. —La letra cambiaba bruscamente, pues proseguía el padre—: Querida Ingrid, ¿cómo te encuentras? Espero que muy bien. Me han trasladado, ha sido algo repentino. El niño ha estado con su madre mientras organicé la mudanza, siento mucho que no pudiéramos despedirnos de ti como nos habría gustado. Max está deseando volver a verte, haré lo que pueda para que podamos regresar pronto. Con toda mi estima, Frédéric. —Y seguidamente apostillaba Max—: Te quiero infinito, te enviaré fotos y cartas, escríbeme a esta dirección...»

Ingrid dejó caer el papel doblado involuntariamente. Otro Estado. Lejos. Max la olvidaría..., pronto sería solo un lejano recuerdo para ella, como tantos había experimentado en su vida.

La realidad y su crudeza siempre se abrían paso. Era la vida. Había sido un regalo haberle conocido. Él seguiría su camino. Ella debía hacer lo propio. Resignarse, de repente, pesaba tanto que costaba respirar.

SEGUNDA PARTE

«Mis palabras son como estrellas,
nunca se extinguen.»

Jefe Seattle

30 DE DICIEMBRE

HABÍAN PASADO seis años desde que Max se fue. Ingrid tenía ahora ochenta y cuatro y cada uno pesaba ya como una losa. Notaba que había perdido agilidad mental y a menudo tenían que repetirle las cosas. Si tuviera que resumir ese último lustro de vida, lo haría en unos pocos minutos. Al intentar rescatar algo extraordinario sucedido en ese periodo de tiempo, veía que, en realidad, no había apenas nada. Dos nuevas pastillas entraron a formar parte de su cotidianidad, acumuló unas cuantas lecturas más y volvió a escribir algún cuento infantil, pero dejó esa actividad creativa pocos meses después de la partida de Max.
La vida transcurría con su letanía de vaivenes. Niños que se marchaban cuando cumplían los seis años y otros más pequeños que entraban por primera vez en El Hogar. De los once niños que empezaron a ir a

la residencia al inicio del proyecto, ahora eran casi una treintena los que compartían ese espacio de vida.

La Navidad había quedado atrás, como tantas otras lo hicieron, y con ello ese deje de esperanza que siempre traían esas nuevas almas a El Hogar. Ya era una costumbre que ellos adornaran previamente la Sala de Nogal y prepararan un regalo especial para cada uno de sus habitantes, aunque los chiquillos no estuvieran ese día tan especial. Algunos ancianos iban a casa de sus familiares, otros recibían las visitas allí. Todos los cuidadores y las enfermeras de la residencia procuraban crear un clima lo más confortable posible. Pero las fiestas navideñas tenían un poso de tristeza y las luces, que antaño iluminaban sueños sin definir, les recordaban ahora aquellos que no se habían cumplido.

El día previo a la Nochebuena, niños y ancianos preparaban comida destinada a repartirse entre las personas que vivían en la calle. Era una bonita tarea en la que ambas generaciones se ayudaban, en un aprendizaje compartido. Las instalaciones se habían ampliado recientemente y se disponía de más personal especializado en educación infantil.

A Ingrid cada vez le costaba más hacer nuevos amigos allí. Era como si le inundara el hastío por empezar de nuevo, por resumir una vida. Otros ancianos como ella también habían perdido a «su niño especial». Pero quizá ninguno había creado un nexo tan fuerte, tan magnético, como el que ella creó con Max.

Echaban de menos a Thomas, a Sophie, a Helga y a Maggie. Lentamente se iban apagando las existencias. Y aunque había nuevos rostros, allí no se podía ocultar el orden natural de las cosas.

—Un lugar de paso —decían algunos.

—Yo me apeo en la próxima parada... —bromeaban otros.

Otro pensamiento rondaba por la cabeza de varios de los más longevos. Era la sensación de desencanto al valorar finalmente el largo, en su caso, trayecto. Un sentimiento de haber sumado más desengaños que satisfacciones y de haber perdido más que ganado. La impresión de que la vida se esfumó saltando obstáculos, a cual más alto y difícil. Que lo bueno no duró lo suficiente. Y todo para qué. Curiosamente, se preguntaban esas cuestiones aquellos que habían tenido la suerte de llegar a una avanzada edad. El misterio de la vida seguiría sin resolverse, por muchas preguntas que se hiciesen.

Vivir no era un asunto fácil. Claro que hubo personas, como Sophie, que pasaron por el mundo con la ligereza de una hoja en movimiento a la que no interrumpen ni los vientos más caprichosos. Si hubo cosas negativas, las vivió de forma tangencial, sin contaminarse. Era esa clase de personas que demuestran que es posible hacerlo y cuya generosidad es una recompensa de la que no esperan recibir nada a cambio. Concluía un viaje sin borrones. Pero no fue así para todos.

Ingrid los contemplaba, frágiles, indefensos. Allí ya nadie emitía juicios de valor, porque no había tiempo ni ganas de hacerlo. Cada uno expresaba los suyos en soledad, que normalmente se traducían en largos silencios.

Vincent llevaba más años de los que podía recordar sin hablar con sus hermanos por culpa de una herencia. Ahora estos ya no estaban y el patrimonio se había evaporado entre resquemores. Sus sobrinos jamás lo visitaban y, pese a que tenía una apariencia de viejo adorable, permanecía cautivo de sus atormentadores pensamientos. «Si pudiera dar marcha atrás...», parecía intuirse en su mirada. Pero todo, ahora, era en vano.

Janette también parecía una anciana tierna y encantadora, pero en su plenitud, para escalar profesionalmente, no dudó en pisar a quien fuera. Tampoco balbuceó al despedir a algunos compañeros cuando por fin logró ascender al podio laboral anhelado. Había conocido la gloria social, ese ficticio y efímero reconocimiento que otorga la sociedad a quienes han triunfado obteniendo bienes materiales y han forjado familias, en apariencia, modélicas. Lo que no esperaba era que con los años sus propios hijos solo la visitaran muy de tarde en tarde. Tampoco que acabaría requiriendo ayuda para todo, porque la hipertensión le había causado una embolia prematura de la cual jamás se recuperó. ¿Qué fue de aquella cumbre? Nada.

Thomas, cuya ausencia fue una de las más sentidas de todo El Hogar, había sido una persona muy venerada, pero también tuvo un pasado con rincones oscuros. Abandonó a un compañero a su suerte mientras él se ponía a salvo durante el primer bombardeo de Vietnam. Huyó para salvar su vida y nunca olvidaría la mirada de aquel que se quedó atrás, gritando su nombre. Thomas había imaginado de mil maneras la forma de retroceder, porque ese instante, ese único instante, podría haberlo cambiado todo. Él también habría muerto a los veinte años y no existirían sus nietos, uno de los cuales estaba haciendo alentadores avances científicos en las terapias contra el cáncer. ¿Compensaba haber vivido para traer al mundo a una descendencia que luchaba por ayudar a tantos seres humanos? ¿Merecían unos vivir más que otros? No. Todo era producto de un incontrolable azar. Y de decisiones irreversibles cuyas cicatrices jamás sanaban.

Reconocer y asumir los errores era un aprendizaje tan duro como necesario. Eso, quien los asumía. Otros los habían enterrado bajo capas de justificaciones. O en lápidas de oro. A veces la absolución no llegaba nunca. Esas eran las almas más solitarias de la Tierra.

Ingrid suponía que esa retahíla de cuestiones solo se hacen cuando uno ya lo ha perdido todo, o casi todo. Solemos quedarnos con el final de las historias, pensaba ella. Aunque, en realidad, un mal final no quita lo bueno que fue el mientras tanto. En ocasiones se reprochaba su excesiva contención. Habitaba en ella otro ser que era audaz, aventurero, que habría vivido mil vidas distintas. Y estaba convencida de que la sabiduría y la madurez para afrontar las circunstancias adversas llegaban, casi siempre, con retraso. No es que no hubiera sido feliz. Mucha gente se pasaba la vida buscando la armonía, y ella la había hallado al lado de Steve. ¿Cuántas personas podían decir lo mismo? ¿Cuántos matrimonios habían perdido con los años las ganas de conversar, y lo común se había convertido en desidia? A ella nunca le sucedió. Además, se deshizo de errores que la habrían llevado, como a algunos de sus compañeros, a consumirse en las dudas y la culpabilidad. Era, en definitiva, una persona buena, equilibrada, generosa. Cultivó la amistad y el amor. Había sido, y era, una persona querida. Esa había sido su cima.

Había sido feliz. Pero no había sido suficiente, porque le habían arrebatado el tiempo para vivir esas otras vidas que anhelaba. Tal vez tener esa sensación fuera inevitable.

En ese momento se fijó en sus pastillas, las que no debía olvidar ningún día. Se fijó en sus rodillas hinchadas, en sus manos escuálidas. Y en su interior, en la imagen que se dibujaba de sus recuerdos más recientes. El muchachito del flequillo rebelde. Max. Se preguntó qué habría sido de él... Aquel niño había nacido para ser especial. Ella lo sabía. Y no se equivocaba.

14 de enero

EL AÑO HABÍA IRRUMPIDO con fuertes temporales y el manto invernal se acumulaba por doquier. La nieve había significado algo renovador para Ingrid, pero no recordaba bien en qué momento dejó de serlo. Las nevadas de su pasado eran promesas de felicidad. El sonido crepitante al caminar sobre esas superficies recién espolvoreadas de blanco. Su destello cegador matinal. Las tonalidades azuladas que adquiría al atardecer. Sus enigmáticas formas bajo las luminiscencias nocturnas. Había algo estético cuando se cubrían los grises y decoraban los verdes. También había algo que la remitía directamente a cosas vividas y añoradas.

Hacía tan solo unos meses que se había instalado en El Hogar un matrimonio muy agradable, Rod y Pauline. Se los veía felices. Una de esas parejas de vida apacible que necesitan poco para comprenderse. Recibían muchas cartas de sus hijos desde Escocia, de donde ellos eran. También había llegado Peter, un antiguo político, aunque al escucharlo daba la sensación de que nunca se había retirado. Tenía una apariencia adusta y su hablar era chirriante, acusativo. Todos calaron su mediocridad al poco de llegar.

Entre los nuevos residentes también estaban Mathiew y Edward, los favoritos de Ingrid. Math era un irlandés encantador, sin duda el más divertido y el que mejor armonizaba con el grupo de los nuevos y viejos habitantes de El Hogar. Todos allí sabían que era homosexual y que nunca había encontrado a su pareja ideal. Disfrutaba explicándoles sin remilgos su azarosa vida amorosa mientras algunos le escuchaban estremecidos.

A Edward lo apodaban Ned y era un excéntrico artista con aspecto de *hippy* que siempre estaba concentrado buscando nuevos motivos para pintar. Solía recogerse la blanca melena en una coleta baja. Tenía un cuerpo estilizado y la túnica multicolor que le gustaba lucir sin disimulo, a veces estampada con motivos florales, dejaba al descubierto unos antebrazos fibrosos de tinte moreno. Lo más llamativo era su mirada entrecerrada, inteligente. Math no le quitaba el ojo de encima al carismático pintor, quien, pese a su edad, según le confesó Magda a Ingrid en cierta ocasión, aún estaba de muy buen ver. Math se había ofrecido como modelo en más de una ocasión al pintor, pero este rehusaba diciéndole que su rostro no era lo suficientemente cubista. Ned utilizaba lienzos de pequeño formato que luego solían decorar las habitaciones o la Sala de Nogal junto a las viejas acuarelas de Elisa. Practicaba la meditación y lo habían escuchado hablando solo a horas intempestivas. A los niños les resultaba una de las personas más extrañas de El Hogar. Lo miraban curiosos. En raras ocasiones dejaba que los pequeños participaran de sus procesos creativos cuando lo encontraban pincel o espátula en mano.

—¿Podemos ver lo que pintas?

—No, a no ser que podáis decirme cómo construir la nada a través de la alquimia o por qué las manzanas verdes son «el todo» en los rostros que pintaba el gran René Magritte —respondía modulando la voz con grandilocuencia.

—¿Quééé? —Y rompían a reír a carcajadas.

—Ned, lo que han pintado hoy los niños se parece mucho a lo que has estado haciendo tú durante el último mes —le decía con sorna Rod, el escocés.

—¡Marchaos de aquí! Dejadme solo. —Y movía los brazos haciendo aspavientos—. ¡Interrumpís mis conexiones energéticas!

Los niños no entendían nada, y algunos hasta huían despavoridos.

A Ned los críos lo ponían nervioso. Magda había tenido que darle alguna pastilla de más en algún momento de crisis o cuando hablaba más de la cuenta con el sol. Había trabajado toda su vida en un taller, pero, al llegar a la vejez, su pensión no era lo suficientemente holgada para afrontar el alquiler de una vi-

vienda modesta y un estudio donde guardar y exponer sus creaciones artísticas.

En El Hogar se hacía tabla rasa con todos los que pasaban por allí. Aquel entorno era un claro reflejo de la sociedad y de la vida en su etapa final. Entre esos muros habitaban personalidades de todo tipo: seres amables, egoístas, apasionados, taciturnos, bondadosos, ariscos, misántropos, envidiosos... Ingrid pensaba que, a primera vista, todos se parecían entre sí. Pero solo quien se esfuerza en mirar dentro intuye lo que hay detrás, mitigado ahora por la ternura y la indefensión que induce la vejez. Ahora, todos eran vulnerables, blanco perfecto de personas sin escrúpulos que se aprovechaban de su exceso de confianza y de la lentitud de sus reflejos.

Ese último invierno Ingrid apenas salía a la calle. La epidemia de gripe estaba haciendo estragos en las personas mayores. Ese día de mediados de enero iba a ser como todos los demás dentro de El Hogar. Tenía suerte de poder vestirse aún sin ayuda, y le gustaba ataviarse con su ropa cómoda de siempre. Durante las fiestas había ganado una talla, pero le imprimía prestancia. Gozaba de un fino sentido de la elegancia. Mientras trataba de escoger entre su colección de chaquetas se topó con una de color violeta que hacía tiempo que no llevaba: chaqueta morada y pantalones negros. Elección hecha. Se acercó a su estantería y decidió que el turno era ese día para *El mundo de ayer*, de Stefan Zweig.

A un escaso kilómetro de allí, un muchacho algo orondo, de cabello rizado y mirada despierta, recorría nervioso su habitación, buscaba cuadernos de notas y dibujos que iba metiendo en una mochila.

—¿Le dijiste en tu carta que íbamos? —inquirió un hombre de pelo incipientemente canoso y aire cansado mientras observaba con desaprobación los objetos desperdigados por el cuarto—. Tienes esto hecho un desastre. No hay excusas, luego ponte a desempaquetar estas cajas —añadió.

—¡Cómo iba a decírselo, si aún no lo sabíamos!
—El chico seguía a lo suyo, sin prestar gran atención a ese toque de aviso—. ¿Querrá verme?

—¡Pues claro que querrá verte!

—¿Me reconocerá?

—Tampoco has cambiado tanto —apuntó el padre, sonriendo ante el gesto algo iracundo del chico—. Venga, te acompaño. Hoy vamos a hacer feliz a una persona. O a dos —agregó mientras le guiñaba un ojo.

Cuando llegaron frente al edificio, el chico se quedó observando a los niños que jugaban en el parque que había justo en la entrada. Gritaban, se empujaban entre ellos o se abrazaban espontáneamente. Algunos removían la tierra mirando absortos un universo que se ocultaba ahí, entre los granos de arena. Solo ellos podían verlo. Si él se acercara lo suficiente, también podría percibirlo.

Llamaron al timbre, el padre le dio un beso y lo dejó solo.

Magda llegó con su caminar danzarín desde el vestíbulo. Lucía una de sus espléndidas sonrisas, solo que más grande de lo habitual, si es que eso era posible. A su paso por la Sala de Nogal vio a Ingrid leyendo en el sillón escocés, su rincón favorito.

—Ingrid, tienes una visita.

Ella levantó la vista del libro.

—¿Una visita? —Titubeó—. ¿Dónde?

—Ahí lo tienes. Es Max, Ingrid.

Durante unos segundos, a Ingrid le costó reconocer al niño que había conocido hacía seis años en el muchacho que ahora tenía ante sí, vestido con una gruesa camisa de cuadros rojos y pantalón de pana. A sus doce años y medio estaba mucho más alto y casi tenía la misma estatura que la propia Ingrid. Su lacio pelo rubio parecía haberse rebelado en desordenadas y bonitas ondas doradas. Ya no era aquel chiquillo flacucho de entonces; la cara y la cintura se le habían redondeado y se le intuía un no muy lejano porte bello y corpulento en cuanto saltara a la adolescencia. Y ahí seguían, idénticos, aquellos ojos de un intenso azul claro y esa sonrisa que arrebataba cualquier coraza del corazón o el alma. Su querido amigo Max había regresado. Un incontrolado estallido de emoción la había dejado hasta el momento sin palabras.

—¡Max! ¡Qué alegría verte! Pero... ¿cómo es que no me has dicho nada? ¿Es que estás viviendo de nuevo aquí?

Max correspondía al abrazo con una emoción que a duras penas lograba reprimir. No solo por lo que él sentía al ver de nuevo a su querida amiga, sino por lo que estaba viendo en Ingrid, en sus ojos humedecidos, en la sonrisa no exenta de nerviosismo.

—¡Quería darte una sorpresa, Ingrid!

El chico notaba la fragilidad de ese cuerpo que había menguado durante esos años y le estremecía el olor dulce que recordaba de ella. Un abrazo reconfortante, de sentirse en casa. La alegría que había provocado en Ingrid con su llegada triplicó la suya.

Max le explicó que a su padre lo habían trasladado a su antigua empresa y que ahora vivirían ahí, otra vez en la misma ciudad. Llevaban pocos días instalados y él había empezado en una nueva escuela, no muy lejos de donde estaba su casa. Hablaba atropelladamente, saltando de un tema a otro. El chico le había ido mandando postales de las ciudades que había conocido, de sus veranos, y, recientemente, una carta en la que incluía una foto de su perro Setter, que acababa de cumplir ocho años. Cada Navidad pintaba un dibujo que le enviaba a la residencia. Ingrid también le había escrito interesándose por todo cuanto el chico le contaba y le deseaba suerte en los estudios, con los amigos...

Esa visita despertaba a Ingrid de un letargo. Un estímulo que conectaba, de nuevo, emociones dormidas por las rutinas, por una existencia sin fluctuaciones, exceptuando los años y las pérdidas. Max le anunció que iría a verla siempre que pudiera y le pidió que lo acompañara a pasear a Setter, pues aprovecharía el recorrido para llevarlo hasta allí. Cómo corresponder a eso, pensaba la mujer. Ese chico aún se acordaba de ella, había ido a visitarla después de seis años. Bastaba tan poco para alegrar ahora a un alma cansada..., a tantas como la suya, y a otros que lo pasaban muchísimo peor, convencidos, y tal vez no les faltara razón, de que ya nadie los recordaba. O que no los recordaban lo suficiente.

Le vino a la memoria lo que había escuchado una vez en un programa de radio. Una señora había llamado para explicar cómo se sentían los mayores y trataba de explicar al locutor y a los oyentes esa invisibilidad, ese estado de permanente insignificancia en que muchos ancianos se ven sumidos.

—Gracias por escucharme. No nos dejéis solos —dijo aquella anónima entrevistada al finalizar su alocución a través de las ondas.

28 DE ENERO

CUANDO MAX PREGUNTÓ dónde estaban Thomas, Sophie, Helga y Maggie, a Ingrid le costó pronunciar las palabras. Ya no podía explicárselo como cuando tenía cinco años. El niño sintió una punzada en su interior. Tenía fugaces recuerdos de la arrolladora Helga, de la dulce Sophie, del imponente y carismático Thomas. Recordaba el cumpleaños de Maggie y la tarta de chocolate que él mismo había ayudado a hacer. Esas imágenes habían permanecido imborrables en su mente.

—Es la vida, Max. Y nosotros somos ya muy mayores.

Max no quería ni pensar, ni imaginar, nada remotamente relacionado con que alguien como Ingrid pudiera desaparecer. La anciana intuyó lo que el chico, que había cambiado de expresión, estaba pensando.

—No te pongas triste, ¿eh? No hay que tener miedo. Estoy convencida de que de alguna forma esto sigue, como si fuéramos pura energía, para poder reunirnos de nuevo con aquello que ha dado sentido a nuestras vidas.

—¿Tú crees en Dios?

—Tengo mis dudas..., nadie lo ha visto. Pero si pudieras alejarte... Fíjate, Max, en el movimiento eterno de los planetas, es como si existiera algo que hace que todo esté de alguna forma conectado. Y a veces tengo la sensación de que todo tiene un propósito. No sé cuál ni por qué, porque muchas de las cosas de este mundo están llenas de maldad, violencia e injusticias. Pero ahí afuera, en el cosmos, hay un orden. Incluso el caos parece tener un orden establecido.

—A lo mejor, si existe, podríamos escoger qué queremos ser..., o podríamos quedarnos como si fuéramos niños..., ¿no? Y si dices que es como si fuera energía, ¡podríamos ir donde quisiéramos, con quien quisiéramos!

«Bonito final», pensó Ingrid.

Luego sus pensamientos volaron hacia la pobre Gilda. No lo reconocía, pero Gilda siempre había necesitado el contrapunto de su hermana Helga. Incluso en las más agrias discusiones, se habían necesitado. Qué pena que no se lo dijeran todo a tiempo. Pero bien sabía Ingrid que, aunque pudiéramos retroceder en la vida para rectificar, acabaríamos cometiendo los mismos errores, o parecidos.

Max sacó a Ingrid de sus pensamientos al cambiar de tema.

—Te he traído todos los cuentos que he ido escribiendo estos años. Me gustaría que los leyeras. ¿Lo harás?

La anciana cogió los cuadernos como si se tratara de un tesoro. El pulso le temblaba ligeramente al hacerlo. Instintivamente, se los llevó hacia el pecho y los abrazó. Y luego le dio un beso a Max y también las gracias.

En aquel momento los dos notaron un familiar e intenso olor a pan recién hecho y a café con leche. Magda estaba a punto de entrar con las bandejas en la Sala de Nogal.

Las rutinas no habían cambiado en El Hogar.

7 DE FEBRERO

MAX SE PASEABA por las estancias mientras esperaba a Ingrid. Recordaba vagamente el ambiente general que se respiraba allí cuando él era un niño de tan solo cinco años. Al entrar en la Sala de Nogal, sintió que retrocedía en el tiempo. Había cuadros distintos, más coloridos, colgados en las paredes forradas de madera, pero el olor era el mismo. Aromas de perfumes suaves mezclados con otra clase de efluvios que ahora identificó con el que se percibe en las clínicas. El olor de la enfermedad. De repente se ensombreció. No recordaba haberse entristecido entonces como lo estaba en ese momento.

Era como si viera por primera vez la decadencia de muchos de los habitantes que poblaban El Hogar. Se daba cuenta de la dura realidad que tenía ante sí. Gente anciana de aspecto saludable convivía con otras personas en peor estado que eran atendidas por enfermeras y cuidadores. Le impresionó ver a aquellos hombres y mujeres, muchos postrados en sillas de ruedas o caminando con paso vacilante acompañados de andadores y muletas. Algunos permanecían sentados con el rostro caído, apoyando el mentón sobre el pecho, otros languidecían con miradas apenadas o tenían temblores rítmicos en sus manos y sus caras eran inexpresivas. Muchos llevaban una especie de baberos sobre el pijama o la bata.

La escena dejó ofuscado a Max. Se preguntaba cómo no había visto todo eso cuando era pequeño. Tampoco ninguno de los nuevos niños que compartían El Hogar con los ancianos parecía verlo. Algo parecido a la angustia se apoderó de él. No le gustaba sentirse así. Recordaba lo que Ingrid una vez le había contado sobre las mariposas que vivían en nuestras cabezas y que nos hacían ser como éramos. Ella lo había explicado con naturalidad, imprimiendo belleza. Pero la escena que veía no era bella. Ni alegre. «Por qué teníamos que acabar así», se preguntaba.

Entonces se fijó en un señor que estaba tratando de tomar una sopa con gran dificultad por el movimiento incontrolable de su mano.

—Yo le ayudo, señor Andrew —dijo una enfermera a la que Max no recordaba.

—No, yo puedo solo, Sarah —respondió con un hilo de voz mientras sujetaba obstinadamente el cubierto, e hizo una señal con la otra mano para indicarle que le dejara.

Andrew, que había corrido maratones en su juventud y que había dedicado gran parte de su vida a entrenar a futuros deportistas, se peleaba ahora con su pulso traidor y con esa cuchara. Miraba ese utensilio como si fuera un reto, como cuando emprendía aquellas largas carreras. En ese instante, se venció el tazón y la sopa se derramó sobre la camisa y el suelo. Contemplando lo sucedido desde un extremo de la sala, Max, por puro instinto, avanzó hacia él dispuesto a ayudar a Sarah. No sabía por qué lo estaba haciendo. Habría sido más fácil pasar de largo, Ingrid estaba a punto de llegar. Pero, simplemente, no pudo evitarlo. Ni deseaba hacerlo. Su cuerpo tomó las decisiones por él.

Andrew volvió a reposar unas manos demasiado contorsionadas y oscilantes sobre los reposabrazos de su silla de ruedas. Se dejaba hacer, abatido.

—Si quieres, me quedo con él —dijo Max dirigiéndose a Sarah. Esta asintió con una mueca cómplice.

El joven tomó el pañuelo de la enfermera y lo pasó suavemente por las manchas que había dejado el alimento sobre la ropa. El anciano le miró de reojo, sin decir nada.

—Hola, me llamo Max, soy muy amigo de Ingrid.
—No había en el tono del niño lástima ni compasión. Había alegría y seguridad. Como si aquello no tuviera la menor importancia. Max actuaba por instinto. Y algo le decía que lo estaba haciendo bien.

—Gracias. ¿Cómo has dicho que te llamas? No he oído bien lo que me has dicho.

—Soy Max, el amigo de Ingrid —repitió alzando la voz.

—Yo soy Andrew —dijo con cierto apuro, mientras le tendía a Max su mano temblorosa. Este la apretó y le transmitió calor.

—A mí me pasa siempre. —Max señaló un lamparón en su jersey de lana, una vieja mancha de chocolate que no acababa de marcharse—. ¿Lo ves? —E indicó una de sus mangas.

Eso hizo sonreír a Andrew, pero el chico volvió a hablar enseguida.

—Si quieres, te ayudo. La sopa es muy difícil de comer. Lo hacemos entre los dos, ¿vale?

El viejo asintió lentamente. Sentado a su lado, el chico cogió su mano y lo guió con suavidad.

—Los helados son lo peor —prosiguió Max animadamente mientras le secaba la comisura de los labios—. ¡Es imposible no mancharse! Me gusta cómo huele esta sopa, señor Andrew.

—Ángela y Fred son muy buenos cocineros —aseveró, y levantó su dedo índice con aprobación.

—He visto lo que hay de postre... y son fresas con nata, ¿podrá darme alguna?

Cuando Andrew terminó de comer, no apartaba la vista del chico. Por eso Thomas llamaba «rescatadores» a toda esa tropa de jovencillos, pensó. Aquellos ojos azules del chiquillo que tenía delante permanecían atentos a cada movimiento suyo, pero no había rastro de preocupación en ellos. Era, simplemente, un momento compartido surgido de la naturalidad de

Max, que parecía comprenderlo todo con tan solo mirar.

En cuanto Magda trajo el plato de fresas, Andrew le susurró a Max:

—La mitad para ti.

El chico había dejado de sentir la opresión que le había causado la primera visión de aquella triste escena tras entrar en la Sala de Nogal. Se sentía bien consigo mismo, y aquella tarea le gustaba. Una vez superada la barrera que puede imponer el miedo, la aprensión, todo se veía diferente. Como cuando había tenido que hablar por primera vez ante los alumnos de su clase para exponer un texto de literatura. Cuando uno está exactamente en el lugar que desea estar o sigue fielmente lo que la mente está demandando, la mirada se transforma. Y en ese aprendizaje no suele haber marcha atrás.

Después de compartir a dos cucharas aquel generoso plato de fresas con nata, pues Ángela había puesto doble ración, niño y anciano acabaron conversando de deportes. Aunque Max no era muy aficionado al fútbol, escuchaba las frases de Andrew a propósito de un partido que en ese momento retransmitían por la televisión.

Max no sabía que Ingrid llevaba un buen rato observándole desde la entrada, sin osar interrumpirlos. En una parte de la estancia, los niños pequeños jugaban con los ancianos que todavía podían hacerlo. En otro rincón estaban los demás, los que peleaban por recuperar algo de cada gesto perdido. Y Max había elegido ese lugar donde el dolor y el sufrimiento eran más difíciles de paliar. Aquel niño asombroso daba pasos gigantes hacia su madurez sin haber entrado aún en la adolescencia.

—Aquí está mi querido Max —dijo Ingrid con una reconfortadora mirada mientras se acercaba a ambos—. ¡Veo que os habéis puesto las botas!

Entonces Max le tendió una cuchara cargada de nata a Ingrid.

Al rato, entre risas y charlas, los tres se quedaron adormilados frente al televisor.

19 DE FEBRERO

AQUELLA TARDE, como otras desde hacía semanas, la tertulia estaba monopolizada por Peter. Max se percató de ello enseguida. Ingrid y él estaban en una mesa cercana a los sofás, donde Rod y Pauline, Gilda, Mathiew y otros cuatro octogenarios con los que Ingrid no había tratado apenas escuchaban hastiados el monólogo de Peter. Desde su silla de ruedas disertaba gesticulando y con el ceño fruncido. Max observaba su esmerado bigote, su cráneo diminuto y un tupido cabello que arrancaba desde el mismo entrecejo. Jamás aparecía en la Sala de Nogal sin lustrosa chaqueta, corbata y pañuelo a juego. Su aspecto era el de esos personajes locuaces de mucha imagen y poco seso. Solía criticar al Gobierno y planteaba soluciones para todos los problemas del mundo. Era un capitalista ultraconservador, y los «suyos» no estaban ahora en el poder.

—Lo que yo os diga. Los de ahora lo harán todo mal y, si no, ya lo veréis. Tendremos a los rusos encima. ¿Y qué me decís de cómo tenemos la ciudad, con tantas protestas? ¡Habría que prohibirlas todas! ¿Y esa libertad... tan promiscua? ¡La familia tradicional se va a pique!

Aquello puso en alerta a Mathiew, que empezó a removerse inquieto en su butaca.

—Además —añadía—, ¿cómo se va a garantizar la cobertura de ayudas sociales para todos? Nosotros, los nativos del país, deberíamos tener más derechos que ellos...

Llevaba hablando más de media hora, yendo y viniendo de un tema a otro. Su enojo había empezado porque los bollos de la merienda estaban algo resecos. De ahí, por alguna razón inexplicable, su disertación se había ido desplazando hacia la inminente invasión comunista y otras muchas amenazas exteriores. Todos lo miraban sin especial interés, pese a que a menudo le gustaba nombrar ante su foro a filósofos insignes para imprimir a su discurso una intelectualidad de la que carecía.

Max escuchaba distraído mientras jugaba su partida de cartas con Ingrid, pero aquella última sentencia le llamó la atención.

—¿Ellos? ¿Quiénes son ellos? —interrumpió el monólogo con arrojo el chico.

—¡Quiénes van a ser! ¡Los de fuera! ¡Nosotros hemos defendido y construido este gran país, que Dios bendiga, aquí todo se crea a base de trabajo!

—¿Los de fuera? ¿Los que vienen de fuera? Mi familia vino de Francia y lleva mucho tiempo trabajando aquí y...
—Hijo, tú todavía no entiendes nada. —Y siguió con su arenga a la vez que apartaba la vista del joven, mientras Mathiew aprovechó para retirarse sigiloso de la sala y Gilda musitaba para sí:
—¡Calla de una vez, hombre! —Algún gen rebelde de su difunta hermana latía en ella, aunque le faltaba su bravura.
—¿Qué significa *promiscua*? —Max volvía a la carga a pesar del póker de ases que podría conseguir en la siguiente baza de naipes. La palabra «*promiscua*» asociada a la de «*libertad*» también le había llamado la atención.
—¡Libertinaje! ¡Divorcios! ¡Parejas de hecho o como demonios se llamen! ¡Días del Orgullo Gay...! Por eso hay tan pocas familias numerosas. ¡Ya no vamos a tener hijos para levantar este país! —respondió airado Peter.
—Pero si esto está lleno de niños, señor...
A Peter ese renacuajo contestón empezaba a irritarlo sobremanera.
—Max, ahora te toca a ti robar cartas —le interrumpió Ingrid, pues intuyó que la cosa se podía complicar.
Aquella escena asombró a la audiencia. Ver al pequeño Max interviniendo activamente, con respeto y no menos razón, frente al arrogante Peter. En ese momento Magda entró en la sala.
—Miren, ahí está Magda —dijo Peter—. ¿No está usted de acuerdo con lo que digo? ¡Gracias a los que

trabajamos tanto para el país, ustedes pudieron dejar de plantar algodón y cantar *blues*!

—Oh, recuérdemelo cada día, señor Bergman. Aunque debo decirle que nunca hemos dejado de cantar *blues*.

En ese instante ella empezó a entonar una melodía de B. B. King mientras improvisaba unos pasos de baile.

—Por cierto, ¿Bergman no es un apellido judío? Venga, que ya es hora de retirarse, es tarde y a usted le tocan varias medicinas —agregó la enfermera.

—¡Por los clavos de Jesucristo! —maldecía Peter.

En ese preciso instante apareció Ned. Peter casi se alegró de que Magda se lo llevase. Con el «artista furibundo», como él lo llamaba, no podía asegurar tener una audiencia silenciosa. Ned no solía callarse ante las impertinencias de Peter.

Magda tomó con suavidad la silla de ruedas del cansino orador y lanzó un guiño a los demás, que se miraron entre sí aliviados.

3 DE MARZO

INGRID SE INTERESABA por los anhelos de Max. Seguía siendo aquel chico especial que ella supo ver, con una inteligencia y una sensibilidad que no eran habituales para su edad y, aunque aún era muy joven, poco faltaba para que se adentrara en esa etapa tan especial que es la adolescencia. Cuando le preguntaba qué querría ser de mayor, él contestaba que piloto de avión. No le venía de familia, pero deseaba volar muy alto, entre las nubes, como si fuera un pájaro. Recordaba cuando lo había conocido, con tan solo cinco años, y que él ya soñaba con tocar las estrellas.

El chico solía venir siempre que sus estudios y actividades se lo permitían. Participaba en los quehaceres habituales de El Hogar y ayudaba a mayores y cuidadores con los niños más pequeños. Era paciente y cariñoso con todos. Le interesaban las conversaciones que mantenían entre ellos. Sabía que, si tenía preguntas, era ahí donde debía buscar respuestas. Aunque él prefería estar con los ancianos, no podía evitar ni quería disimular su devoción por Ingrid.

Durante las tertulias que nacían en la Sala de Nogal, se repitieron las ocasiones en que Max intentó razonar con Peter. Casi siempre era en vano.

—¿Por qué no me ha respondido a lo que le he preguntado? —le decía a Ingrid, después de haber recibido por parte del locuaz orador largas respuestas sin contenido a su pregunta sobre cómo salvar la Tierra del cambio climático.

—Porque te ha respondido lo que él previamente tenía en la cabeza. No creo que te estuviera escuchando, Max. Tampoco creo que supiera darte una razón convincente.

Cuando Ingrid intentaba explicarle al chico por qué el mundo estaba tan mal, por qué había tanta contaminación, tantas guerras, hambre e incultura, le decía que dentro de la naturaleza humana habitaban en similar proporción la malicia, la envidia y la mediocridad. Ella siempre había pensado que los que llegaban a lo más alto en el poder carecían de honestidad y los pocos que la tenían corrían el riesgo de perderla y de ser aniquilados por otros que se movían en esos ambiciosos ambientes. La vocación de Peter Bergman por la política había sido tan tardía como sospechosa. Al poco de codearse con algunas personas influyentes consiguió ser miembro de un partido conservador, y de ahí subió como la espuma, con mucha pompa, pero con una solidez efímera.

—Son personas egoístas, afanosas de tesoros y poder, que, camuflándose como salvadores de patrias, se encomiendan a Dios y al diablo —le decía Ingrid a Max con el rostro encendido—. Es muy importante que conozcas la clase de mundo en el que vas a vivir. Igual de importante es saber que, incluso así, uno puede mantenerse fiel a sí mismo.

La anciana insistía en explicarle su teoría a Max, tratando de que el joven lo comprendiera.

—¿Sabes, Max? Hace mucho tiempo que me pregunto una cosa —añadía mientras lo cogía del brazo—. ¿Por qué la mayoría de los niños y los jóvenes, con sus instintos lúcidos, sueñan con poder curar vidas, levantar edificios o puentes, ser músicos, profesores, deportistas, policías, científicos, actores, bomberos, tal vez astronautas o pilotos de avión como tú? No hay ninguno a esas edades que aspire a gobernar a los demás cuando sea mayor.

—No lo sé... Pero en mi colegio hay uno que insiste en querer ser el delegado de la clase. Es un marimandón, solo se puede hacer lo que él dice. Ingrid, además de piloto de avión, también creo que yo sería un buen arqueólogo y un buen detective —añadió.

Ingrid intentaba recalcarle que fuera siempre él mismo, aunque a veces pudiera resultarle difícil. Le auguraba que con el tiempo perdería por el camino a personas que no admitirían opiniones diferentes a la suya. Y que debía ser fuerte en sus convicciones y, más aún, consecuente con su obrar. Saber elegir bien sería la mejor señal de haberlo logrado.

Max le contó que aún no se había integrado en la nueva escuela. Pasaba más rato en la biblioteca y dibujando que jugando o hablando con los demás. «Los raritos», era como llamaban a los que se comportaban como él. Pero Max estaba convencido de que esos calificativos eran producto de alguna amargura interior.

—Quieren destacar, ganar todos los partidos de fútbol, ser los más brutos..., y son bastante pelotas, pero luego también se critican entre ellos. A mí me gustan más los de la clase de música y teatro —añadía el joven.

—Las personas a veces cambian, Max. Igual tu compañero el «marimandón» en el futuro es alguien que sabe organizar muy bien las cosas. En los barcos hacen falta capitanes. Buenos capitanes que sepan sortear con audacia las tempestades y lleven las naves a buen puerto. El tiempo lo dirá. Pero en la niñez ya se ve al que es leal, al pícaro, al inteligente, al bondadoso, al inocente, al gamberro... y a los soñadores. Si no existierais seres como tú, tampoco existirían las grandes composiciones musicales, los grandes libros o las futuras misiones a Marte, por ejemplo —y prosiguió con tiento—. Por cierto, Max, lo de ser detective y arqueólogo casa muy bien. Al fin y al cabo, ambas profesiones tratan de resolver misterios. Y si, además, sabes pilotar, llegarías en tu propio avión a los lugares donde se ocultan los enigmas.

Aquello le gustó a Max. Significaba que tampoco era tan malo que él fuera un poco diferente. No estaba solo y, por tanto, muchas de las personas a las que él admiraba tal vez habían sido chicos como él: imaginativos e idealistas. Cuando su padre le decía: «Aterriza, que estás en la Luna», él sentía frustración, pues tener que regresar a la «realidad» le costaba un esfuerzo. Pero Ingrid lo aprobaba y le alentaba. Max todavía era muy jovencito, pero estaba convencido de que el mundo era aburrido si uno no creaba sus propias reglas, sus propios universos paralelos. Ni se planteaba tener que aparcar esas historias que rondaban por su cabeza y que solía plasmar en dibujos y cuentos improvisados a vuelapluma.

Ingrid veía cómo Max, a su tempranísima edad, ya se iba haciendo un mapa mental de lo que iba a ser el futuro. Y le complacía ver a alguien que no encajaría en una sociedad cuadriculada, de prejuicios encorsetados, de simple apariencia. Pero sí en una libre y sin límites.

16 DE MARZO

EL INVIERNO TOCABA A SU FIN. Ese año había caído a plomo con todo su rigor. La primavera despuntaba espléndida y eso influía en el ánimo de los habitantes de El Hogar. Un mundo sin límites. Ese era el lugar donde vivían los sueños. La librería de Ingrid estaba llena de ellos. También estaban en la música que escuchaba. La realidad los limitaba y daba aliento al mismo tiempo. Algunas veces, esa realidad era exactamente el lugar que alguien imaginó.

A la edad de Ingrid se concluye que, salvando excepciones, los más felices son los que viven sin demasiadas expectativas. Recordaba a menudo sus propios sueños, febriles en la niñez y silenciosos en la madurez, cuando la vida coarta ficciones. Lo cotidiano era circunstancial si la imaginación estaba ahí para ofrecer un nuevo orden a las cosas. En los libros, la música, la pintura..., Ingrid se encontraba con sus almas gemelas, solo que estas habían tenido el suficiente talento e ingenio para cumplir sus expectativas. Quedaban muy lejos los días en los que ella se maravillaba contemplando las obras de arte del museo en el que había trabajado casi toda su vida, cuando su mente podía viajar sin moverse de sitio. Aquellas obras engrandecían el pasado o lo volvían tenebroso. La ficción era la única arma que poseía la capacidad de convertir en arte el pasado, el presente. Y el futuro.

Pensar en el futuro siempre la hacía pensar en Max. Muchas veces el chico hablaba de forma atropellada. Le contaba sus planes, todo lo que iba a hacer. Un día sacó un cuaderno donde tenía montones de fotografías en las que aparecía ataviado con un atuendo de aventurero. El lugar parecía un desierto. En una se lo veía desenterrando una especie de vasija. Fue durante uno de los viajes con su padre.

—¿Tú crees que lo lograré?

—Sin duda. ¿Recuerdas cuando hablamos del primer hombre que pisó la Luna? Seguro que un día también lo soñó. Primero hay que soñarlo, imaginarlo. Luego querer conseguirlo con todas las fuerzas. Y si no se consigue, pues tampoco se acaba el mundo. Lo importante es disfrutar intentándolo. Verás, Max, frecuentemente los mayores nos quejamos de las cosas que hemos perdido, pero solemos olvidar que antes de perderlas las tuvimos. Eso es lo que verdaderamente cuenta, pues en realidad todo es fugaz.

Ingrid creyó que el chico tenía que empezar a leer alguno de los libros que aguardaban en sus estanterías. Necesitaba fomentar y reforzar esa imaginación. Y tenía que hacerlo antes de que fuera tarde.

Prometió darle una sorpresa en el siguiente encuentro.

24 DE MARZO

EL CHICO REGRESÓ a ver a Ingrid a la semana siguiente. Ella había preparado para él una sección de su pequeña biblioteca con autores como Barry, Carroll, Stevenson y Verne. Pero ese día le tenía reservado *El Principito* de Saint-Exupéry.

—Este escritor es casi un héroe nacional en la tierra de tu padre. Y este libro, uno de los mejores que jamás se hayan escrito. Además, curiosamente, su autor pilotaba aviones. Creo que debes leerlo.

Él contemplaba emocionado la portada, en la que se veía el dibujo de un niño de cabellos dorados y rizados, como los suyos, sobre lo que parecía una especie de planeta en miniatura. Iba a ser su primer libro de «adulto». Ingrid lo había escogido meticulosamente de entre esos volúmenes que ella conservaba como los más grandes tesoros.

—Estate atento —sugirió Ingrid—. Sus páginas son maravillosas, hablan de un niño que podía ver el mundo del revés. Mientras los demás se hacían mayores, él seguía siendo pequeño. Y salvó a un aviador que se había estrellado en el desierto.

—¿Le salvó ese niño? ¿Cómo? ¿Le ayudó a encontrar el camino a casa?

—Pues, simplemente, le recordó la persona que había sido. Así que, en cierto modo, le ayudó a encontrar la senda de regreso. —El vínculo que sentía Ingrid con el chico hacía que tuviera la necesidad de guiarlo—. Mira, Max, a medida que te hagas mayor te dirán que te conviertas en una persona seria. Y muchas veces las circunstancias lo requerirán... Pero la vida es algo tan pasajero, pasa tan veloz, que, cuando ya eres mayor, te das cuenta de que la inmensa mayoría de las cosas vividas no habría sido necesario tomárselas en serio. Tan solo unas pocas lo merecían. La clave es saber diferenciar, en cada momento, entre unas y otras.

Max creía estar comprendiendo lo que Ingrid le contaba. Él ya vislumbraba ese mundo serio, rígido, lleno de normas y obligaciones. A diferencia de otros niños, no pasaba las horas pegado a una consola de videojuegos. Frédéric, su padre, había sido decisivo en eso. A Max le chiflaban las películas clásicas. Las había visto junto a él desde que era bien pequeño. Le encantaba la *Sinfonía del Nuevo Mundo* de Dvořák. El padre tampoco había escatimado en comprarle los cuentos más sugerentes de Andersen y de los hermanos Grimm, que Max se sabía casi de memoria. Además, en la mente de ese jovencillo estaban todas esas experiencias ganadas durante las excursiones que solían hacer. En los largos paseos por los bosques, el niño había imaginado a los seres que podían vivir allí. Le gustaba permanecer en silencio cuando despuntaba el alba. Max llamaba a ese momento «la hora mágica».

Ingrid le explicó que el autor de ese libro se había reencontrado con su imaginación gracias a aquel Principito que aparecía dibujado en las láminas.

—Un niño —le contaba Ingrid— puede haber vivido mucho más que un adulto. Algunos mayores, en cambio, se acaban perdiendo a sí mismos por el camino. Y pueden terminar en mitad de un desierto, como el protagonista de esta novela.

La anciana, al recuperar esas historias y tener con quién compartirlas, volvía a la pureza de las cosas más sencillas. Exactamente como ocurre en la mente clara de un niño.

Y así se sucedieron varios encuentros en los que Max e Ingrid conversaron sobre libros. Cuando le llegó el turno a Verne, Max descubrió nuevas vocaciones en las que el común denominador era la aventura. Estaba deseando conocer esos escenarios. A partir de entonces miraría de una forma distinta aquellos paisajes que disfrutaba junto a su padre. En las montañas buscaría la abertura que conduce al centro de la Tierra. Al bucear en el mar, trataría de ver calamares gigantes peleando con submarinos. Si Verne lo había imaginado, y era mayor cuando lo hizo, ¡por qué no iba a poder hacerlo él!

Esa noche hubo una lluvia de estrellas. Desde el jardín de su casa, Max contempló expectante el universo infinito. Y siguió soñando...

13 DE ABRIL

INGRID LLEVABA UN RATO conversando con Max. Pese a sus encuentros esporádicos, el niño le tenía más confianza a ella que a su propio padre o a ninguna otra persona. Su madre seguía sin verlo más que ocasionalmente y su relación no parecía haber mejorado. Siempre estaba tan ocupada..., siempre con tal o cual excusa..., aunque Max se daba cuenta de que le sobraba tiempo para su otra familia. Al muchacho se le ensombrecía un poco el rostro cuando le sacaban ese tema.

Max le confesó a su vieja amiga que había una chica en el colegio, una que sabía tocar el violín, que le gustaba. A Ingrid le preocupaba que no compartiera esas complicidades con niños de su edad o con su propia familia. Pero sabía que es el subconsciente el que determina a quién se le entregan los secretos del corazón. A su temprana edad, Max ya la describía con profusos adjetivos: su abundante melena pelirroja, la cara repleta de pecas, sus labios sonrientes, los pómulos colorados, su mirada pícara. Tenía dieciséis años.

—¿Y cómo has dicho que se llama?

—Cécile. Es un nombre francés —concretó Max.

—A lo mejor es de allí o sus padres lo son..., ¿por qué no hablas con ella? ¡Tienes la excusa perfecta!

—Pero yo no tengo recuerdos de Francia...

—Eso es igual. Tienes tu imaginación, y también puedes preguntarle a tu padre cosas del país. Igual así la sorprendes.

Ingrid sabía que a esa edad una chica ya es toda una mujercita. Pero Max era muy inteligente y maduro, así que le insistió en que lo intentara. Pero, cada vez que el chico pretendía acercarse a ella, sentía que se quedaba en blanco y notaba un incómodo temblor de piernas. Incapaz de dominarse, se limitaba a escuchar desde un rincón cómo tocaba el violín mientras él fingía leer una partitura para flauta. Pero estaba decidido a impresionarla, y si eso implicaba aprender a tocar ese instrumento, lo haría.

—¡Yo tuve muchos admiradores, aquí donde me ves! Pero solo quise a uno, a Steve —le reveló la anciana.

—Ingrid, ¿cómo lo conociste?

—Pues la verdad es que la historia que me estás contando me recuerda un poco a la de Steve conmigo. Veraneábamos en el mismo lugar, yo era un poco mayor que él. No se atrevía a hablar conmigo... Hasta se inventó un nombre para mí, el que imaginó que yo podría tener.

—¿Cuál?
—Helen.
—¡Qué bonito!
—Verás, Max —prosiguió la mujer—, en tu vida seguramente conocerás a muchas chicas. A lo mejor te enamoras muchas veces, pero, cuando encuentres a la persona, a esa persona especial, lo sabrás.
—¿Cómo?
—Porque no habrá nada comparable en el mundo entero. Será imposible imaginar la vida sin ella. Formará parte de ti. Y eso no es solo amor, es un cariño que se forjará a fuego lento, a base de confidencias, amistad, admiración y respeto.
—Pues yo ya la he encontrado, ¿sabes? Cécile huele como a rosas..., es perfecta.
Max se ensimismaba cuando hablaba de ella. Una guerrera de melena cobriza que podía liderar a todo un ejército. Una diosa que sabía tocar el violín...
—Me gustaría dejarte algo, Max. Es un texto que escribí cuando era joven.
Ingrid fue a su habitación y rebuscó entre los cajones. Encontró lo que quería en una carpeta donde había ido guardando reflexiones, pensamientos que le venían en momentos de inspiración. Recuperó una hoja que había titulado «Concededme un instante» y regresó a la Sala de Nogal.
—Quiero que lo guardes tú. Un día no muy lejano entenderás que eso del amor es lo único que nos salva de todo lo demás.
Y Max empezó a leer.

CONCEDEDME UN INSTANTE

A quien corresponda:
Enemigos poderosos, con los que comparto el mismo camino, siempre acechan y hacen que me desvanezca. Puede que me temáis y paséis por la vida sin llegar a conocerme. Os compadezco si fue la falta de valentía lo que os impidió acercaros a mí, quizá os ganó la partida la soledad.

No ofrezco las garantías que buscáis. Puedo concederos la inspiración de los poetas o arrebataros cualquier indicio de voluntad y juicio. Arrancaros lágrimas sin consuelo, iluminar la oscuridad. Soy refugio y a veces cárcel. Y, sin embargo, soy paciente.

Quien comprende esa virtud transforma mi energía en algo sereno y tan hermoso como el primer amanecer. El encaje perfecto. Irreemplazable. Lo que construyáis conmigo, si sabéis cómo usarme, será eterno. Lo que destruyáis por mí, será en vano.

No me busquéis en lugares imposibles, buscadme en lo más cotidiano. Rescatad mi pureza. Solo os pondré una condición: no podéis encontrarme solos.

Firmado: el Amor

20 DE ABRIL

AQUEL AMOR JUVENIL de Max le traía recuerdos a Ingrid. Hay mucho tiempo para meditar cuando uno se retira, o lo retiran, del mundo. Un mundo que sigue funcionando a su ritmo voraz y veloz. Desde la soledad de las habitaciones de la residencia, o incluso estando rodeados de gente, los reencuentros con el pasado eran frecuentes, por no decir constantes.

Ingrid solía pensar que a veces parecía como si una fuerza invisible guiase nuestras acciones y las encaminara hacia un lugar. Ese lugar podía ser un libro, justo como el que aquella tarde ella cogió de su estantería. Entre las páginas de ese volumen había una cuartilla doblada que ella guardaba. Era una carta que llevaba más de medio siglo ahí dentro. Hacía años que no la leía.

Aquella letra nunca había cambiado a pesar de la juventud de las manos que la escribieron en un atardecer de finales de septiembre. Parecía que hubiera sido ayer. Recordaba veranos blancos, paseos sombrilla en mano y sombreros panamá. El salitre de la brisa, la vainilla de los dulces, aromas que estaban sellados en su memoria. Recordaba el verano en el que le dedicaron esa carta...

«Yo solía pasear entre las rocas cuando la marea bajaba y miles de pequeños universos de vida quedaban apresados entre ellas. A mi edad creía que no podía haber nada más fascinante, hasta que la vi a ella. Caminaba desafiante, hundía sus finos talones en la arena empapada, hasta que se zambulló en las frías aguas. Aquella melena ondulada iba tornándose dorada con los días. Era de esa clase de personas especiales a las que imaginas un mundo enigmático detrás, que yo, día tras día, trataba de descifrar.

Los veranos de la niñez están llenos de sueños. En los míos aquella chica se acercaba a mí y yo ya era mayor. Paseábamos bajo el faro y la llevaba en barca hasta una isla imaginaria donde contábamos estrellas al anochecer. En algún momento ese lugar cobró mil matices que antes no había conocido. Necesitaba reconstruir su historia, inventarla, crear un pasado y un futuro junto a ella. En mi fantasía se llamaba Helen. Debía tener un nombre mitológico.

Transcurrían los años y Helen no cambiaba, si acaso, era aún más bella. Yo sí que lo hacía, pero sin lograr desprenderme de esa apariencia juvenil. Tras intencionadas coincidencias en la playa, conseguí que me reconociese. En su mirada yo creía ver, quería ver, tal vez, algo que no existía. El tiempo pasó. Los países se iban reconstruyendo de años de infortunios y guerras. La alegría renacida se había instalado confortablemente en nuestras vidas. Desde entonces he rememorado cientos de veces la primera vez que ella se acercó a mí. Fue un cruce de palabras breve. Luego una sonrisa y una despedida. El pelo ondulado le daba una apariencia exótica. La reina de los mares, la princesa Sigrid, la guerrera de Oseberg, la chica de Tahití... Todas ellas convergían en esa mujer. Mientras se alejaba, pronuncié en voz baja unas palabras: «Me he enamorado de ti». Creí que no las había oído, pero de repente se giró y me dedicó una última mirada. En la lontananza pude observar cómo alguien cogía su mano. Un joven con apariencia atlética la llamó por su nombre: Ingrid.

El verano tocaba a su fin. Lo sentíamos en el viento, que ya había empezado a cambiar. Octubre asomaba y con él se esfumaría mi sueño, una vez más, un año más. Temía el día en que no la viera porque jamás podría continuar nuestra historia en mi soledad. Con el tiempo, dejé de imaginar y de buscar. Pero ese lugar estará siempre asociado al recuerdo de mi Helen. La chica a la que amé y que no pude conocer.»

Era una carta inconclusa. Seis años más tarde, cuando volvieron a encontrarse en la misma playa, ella tenía veintidós años y él dieciocho. El novio de «apariencia atlética» había desaparecido de su vida. Aquella iba a ser la oportunidad del joven para conquistarla. Y así fue. Comenzaron a verse y a frecuentar aquellos dorados lugares estivales.

—Es muy mayor para ti —insistían los padres de Steve.

A ella también le llovieron algunos consejos y no buenos augurios. Pero hay certezas e instintos que, simplemente, hay que seguir. Ninguno de aquellos visionarios predijo los más de cuarenta años que «Helen» y Steve, el muchachito romántico de la playa, pasaron juntos.

Ingrid no supo de la existencia de la carta que su marido le había dedicado hasta bastante tiempo después de empezar el noviazgo. Muchas veces, él la llamaba Helen, «la mujer a la que amó y que conoció mejor que nadie».

La canción *Lover man* de Billie Holiday, que sonaba de fondo mientras releía la misiva, había terminado. Ingrid se levantó para ponerla de nuevo, y no pudo evitar que algunas lágrimas recorrieran sus agrietados pómulos, esas gotas con leve sabor a salitre que aferraban su mente a aquella dorada playa de su adolescencia.

3 DE JUNIO

EL VERANO ESTABA PRÓXIMO, aunque llovía sin parar y los nubarrones no terminaban de marcharse. Tampoco se iban, por alguna extraña razón, de la mente de Ingrid. Era como una opresión inexplicable que se había apoderado de ella en las últimas semanas. Estaba nerviosa. Vagaba inquieta por la habitación y por las estancias de El Hogar, pues el tiempo no permitía salir a dar ningún paseo.

—Es este clima, Ingrid. Os lo noto a muchos. A mí también me está pasando —comentó Magda al verla algo más abatida de la cuenta.

Ingrid procuraba centrarse en sus tareas para aplacar esas sensaciones. Observaba orgullosa el montoncito de libros que había apartado para Max. Lo había preparado de forma concienzuda. Le tenía reservados algunos de los clásicos rusos. Sabía que era arriesgado, porque Max era muy joven, pero *La dama del perrito*, de Chéjov, podía ser una magnífica manera de empezar. También tenía otra sorpresa, *La isla del tesoro*, que una tarde libre de aguaceros le había permitido comprar en una librería cercana. Pensó que ese libro de aventuras sería un idóneo aperitivo estival, pues pronto se iría de vacaciones.

Ese niño le había devuelto el placer de la lectura. Tal vez porque había otra persona con la que compartir lo que ella aprendía en cada libro que releía. Descubría cosas nuevas, mensajes que habían permanecido ocultos en los renglones de aquellas páginas.

Ingrid se daba cuenta de que uno esculpe una determinada forma de mirar con los años, y a veces esa visión se vuelve rígida y se rodea de muros. Lo que hay tras ellos se rechaza por puro desconocimiento. Max solía decirle que, cuando le explicaban las cosas «difíciles», las escuchaba como si él fuera un extraterrestre, como si acabara de venir del espacio, y de esa forma lo comprendía todo mejor. Sin ser él consciente, hacía constantemente un ejercicio por ser libre. Ingrid sabía que para vivir en paz con uno mismo hay que ser libre. Libre para escuchar al verdadero yo que habita en cada uno de nosotros, aunque existan en el alma abismos insondables.

Max había pasado la noche impaciente, pensando en los días que se avecinaban, embriagado por esa emoción que suponía finalizar el curso y gozar de libertad durante dos largos meses en los que cada jornada duraba una eternidad. Soñaba con el viaje que estaba a punto de emprender. ¿Cómo sería Noruega? ¡La tierra de los vikingos! Su padre llevaba tiempo hablando de ese fascinante país. Max estaba seguro de que descubriría enterrado en algún fiordo el viejo tablón de un barco de aquellos audaces marineros.

Los recientes exámenes le habían impedido ir a ver a Ingrid durante el mes de mayo. Estaba orgulloso de sus notas, especialmente del diez en Historia, su primera matrícula de honor. Quería despedirse de ella y no podía marcharse sin contarle todos sus éxitos y planes.

Además, tenía una cosa muy importante que decirle.

—¿Sales sin las llaves de casa? —Su padre iba tras él mientras lo ayudaba a colocarse su inseparable mochila roja y le guardaba el llavero en el bolsillo trasero—. ¿A qué hora volverás? —añadió.

—¡Los dibujos! ¡Me he dejado los dibujos! —El chico salió corriendo hacia su habitación y cogió un cuaderno de grandes anillas—. ¡No lo sé, ya vendré!

—Avísame cuando salgas de allí, está lloviendo mucho, puedo ir a buscarte.

—¡No, no, que voy preparado! —Max señaló su chubasquero y las botas de agua mientras daba grandes zancadas hacia la puerta—. Hoy le voy a decir lo que acordamos ayer, ¿vale, papá?

—Pero recuerda lo que te dije..., no te hagas muchas ilusiones... Maximilien, espera, ¿no te despides?

Frédéric rara vez lo llamaba por su nombre completo en francés. Max casi había rebasado la puerta cuando le dio un beso en la mejilla. En segundos lo vio alejarse brincando sobre los charcos que dejaba la lluvia. El padre lo observaba. Un muchacho feliz acudiendo impaciente al encuentro de una de sus mejores amigas. Una señora de ochenta y cuatro años. Sintió una punzada de orgullo en su interior por ese ser que siempre había decidido por sí mismo. Su hijo.

—¡Qué chico tan extraordinario! —musitó Frédéric en voz baja.

Cuando llegó a El Hogar, Ingrid lo esperaba en el recibidor con los brazos abiertos. Max traía consigo un pequeño ramito de flores, todas mojadas.

—¡Son para ti! Acaban de crecer estas margaritas en el parque, ¿no las habías visto?

No las había visto. «Los niños tendrían que enseñarnos a mirar de nuevo —caviló Ingrid para sí—. Ellos ven lo que nosotros ya no vemos, aunque pasemos por delante.»

—Pero ¿cómo vienes con este tiempo? Anda, pasa. —Ingrid lo acompañó mientras él se quitaba la chaqueta impermeable y ella protegía bajo el regazo el pequeño ramito de flores.

—¡Mmmm! —expresó el chico.

Un intenso olor a mantecados de vainilla inundaba la Sala de Nogal.

—Magda los ha preparado hoy mismo, ¡vamos a sentarnos, Max!

El muchacho no paró de hablar mientras saboreaban la merienda. Ingrid lo interrumpía con algún comentario sobre Europa. Ella había ido hacía muchos años, cuando era joven. Recordaba el eco de sus pasos en las húmedas noches de Venecia, la ciudad sin tiempo. Recordaba el sol poniéndose tras el castillo de Sant'Angelo de Roma. El sabor añejo de Praga. La alegre y acogedora España. Echaba de menos las emociones de esos lugares, y la persona que había sido durante aquellos años. Involuntariamente, sentía envidia de aquel chico que, en su imaginación, ya había recreado los fascinantes escenarios escandinavos que estaba a punto de recorrer.

—Si los encuentro, te traeré un elfo de recuerdo.

Max acababa de contarle no sé qué de unas piedras que por la noche se convertían en seres mágicos en aquellas tierras. Ingrid se había perdido durante unos instantes en sus propios pensamientos; podía percibir el verde intenso de la tundra, el azul caprichoso de los fiordos. Un norte inhóspito, por explorar.

—¿Por qué no haces un viaje este verano? —le preguntó de repente el chico.

—¿Yo, a mi edad? —Ingrid se echó a reír—. ¿Adónde voy a ir, si ya necesito el bastón para casi todo?

—Pues... adonde tú quieras con tu bastón. Puedes hacerlo. Me has hablado de Italia muchas veces, ¿por qué no vas?

—¿Sola?

—No. Yo podría acompañarte. En las vacaciones de Navidad podríamos ir todos. Se lo diré a papá. ¡Sí, eso haremos!

—Max, querido, yo ya no puedo viajar. Eso es para vosotros, los jóvenes. Ahora me canso tan rápi-

do... Pero si tú viajas es un poco como si yo también lo hiciese.
—Incluso aunque fueras en silla de ruedas, podrías. Te lleva un avión, tú no tienes que hacer nada.
—¿Y todas mis medicinas, todas mis pastillas? Hacer la maleta..., puede ser un suplicio.
—¡Te las tomas allí! Y a hacer la maleta te ayudo yo. ¡Hablas como si no quisieras hacer nada más!
—Es que yo ya he vivido, Max...
Ingrid sonreía ante la insistencia del pequeño.
—Uno se acaba acostumbrando, querido. Nosotros vamos lentos, nuestra vida requiere ser pausada. Los jóvenes siempre tenéis prisa. Los mayores somos incómodos para muchas cosas. Esa es la realidad. Este es mi hogar, desde aquí observo el mundo sin privarme de las comodidades y los cuidados que necesito. Y, sobre todo, te tengo a ti. ¿Qué más puedo pedir?
Max la comprendía, pero se resistía a darse por vencido. Además, ¡cómo podía ponerse alguien nervioso con una persona como Ingrid!
—¿Por qué dices que tenemos prisa?
—Por llegar. Por llegar a alguna parte, por acabar algo. Y, cuando ese algo se alcanza, buscáis otra cosa diferente para terminarla también. Y cuantos más años pasan, más te das cuenta de que no había ninguna necesidad por llegar. Es el camino que uno recorre lo verdaderamente trascendente.
—Pero los caminos llevan a algún sitio...
—Sí, pero pueden bifurcarse y aparecen nuevas sendas.

—Pues, vaya, ¡qué difícil!

—Mira, Max, vosotros, los más pequeños, dividís el día en muchos objetivos y eso hace que el tiempo os pase más despacio. Pero, aunque os falte el tiempo y a nosotros nos sobre, en el fondo somos iguales, pues pese a que nuestra vida sea lenta, la vuestra, sin embargo rápida, trascurre igual de lenta. Eso es algo maravilloso, porque al discurrir aparentemente a diferentes ritmos, en ambos cada día puede ser un milagro, y está lleno de posibilidades. Sé de qué te estoy hablando porque yo también fui como tú.

—Hablas muy complicado, Ingrid, ¡no te entiendo! ¿La edad engaña al tiempo? Entonces..., si mi tiempo va rápido pero yo lo noto despacio, podré hacer muchas cosas, ¿verdad?

—Sí, siempre que sigas tus instintos y no desfallezcas. Para eso os sobran las energías, para llenar esa lentitud, para emprender sueños locos e imposibles. Sé valiente y no dejes que el miedo cerque tus ilusiones. Persíguelas. Siempre.

—¿Siempre?

—Sí. Y si algunas se truncan por el camino, no dudes que es porque nuevos y mejores escenarios estarán por llegar.

A Max le fascinaban esas conversaciones, a menudo enrevesadas, pero llenas de arrojo y razón. ¡Ingrid sabía tantas cosas...! Le encantaba, además, ver su cara de sorpresa cuando él introducía un apunte que ella no esperaba.

Después de acabarse sus respectivos tazones de chocolate y una generosa ración de mantecados, Max pensó que era el momento, no podía aguardar más. Estaba muy impaciente, quería contarle desde hacía rato lo que habían decidido su padre y él la noche anterior.

—Ingrid, tengo que decirte una cosa, y tienes que responderme que sí.

La mujer aguardó en silencio. Notaba que el niño se había puesto nervioso.

—¿Por qué no vienes a vivir con nosotros? Lo llevo hablando muchas semanas con papá. Él también quiere que vengas. Estaríamos juntos. Lo pasaríamos en grande. La casa donde vivimos es muy bonita, y he pensado en cómo será tu habitación, y...

Ella se quedó atónita mientras el niño seguía hablándole de cuadros hechos por él para decorar su estancia, de un jarrón con flores, de una estantería para poner libros, de un cómodo sofá frente al televisor... Ingrid se dejó llevar por el simple placer de escuchar algo así. Halagada. Y solo al cabo de unos instantes le interrumpió con una de las sonrisas más tristes que él jamás le había visto.

—No puede ser, Max. Sabes que aquí, en este lugar, tengo los cuidados necesarios, mis médicos...

—Nosotros te cuidaremos. ¿Te he dicho que tendrás un pequeño jardín para los días soleados?

—¿Y qué hago yo cuando vosotros os marchéis? Tú empezarás a estudiar cada vez más, empezarás a salir con nuevos amigos, tu padre tiene que acudir a su trabajo...

—Cuando yo esté en el colegio y papá trabajando, Setter cuidará de ti. Es muy inteligente. ¡Tienes que venir!

Ingrid notó que se desbordaba por dentro. Se vio a sí misma frágil. No deseaba hacer daño al pequeño ni truncarle esas ilusiones, esos sueños que ella hacía tan solo un rato le había animado a perseguir. Pero la realidad se imponía contundente. La lógica con un peso mayor de lo habitual. Desdeñaba, ante todo, que ello supusiera para el chico un duro desengaño.

Observaba aquellos ojos azules que no habían cambiado. Lo recordaba con cinco años, la primera vez que lo vio, agarrado a su muñeco Elvis, cuando vivía encerrado en su mundo. Recordaba la mirada vivaz y soñadora cuando pasaban las horas inventando fantasías. Su mirada solícita cuando se proponía algo. Exactamente igual que ahora.

No podía darle una negativa.

—De acuerdo, Max. Déjame pensarlo. Lo volveremos a hablar a tu regreso, ¿te parece?

—Entonces, sí, ¿verdad? Dices que sí, ¿no?

—Quizás, no lo sé, aún quedan meses. Déjame que lo medite bien. —Ingrid procuraba mantener un tono no excesivamente entusiasta, pero la delataba la sonrisa.

Aquello, para Max, significaba una respuesta afirmativa. La duda, según su experiencia, era el preludio de que acababa de convencer a alguien. Y, en ese caso, ese alguien era muy importante en su vida. Era fundamental.

Charlaron un rato más. El chico estaba visiblemente animado. La perspectiva de vivir con Ingrid tras unas vacaciones de aventura era lo mejor que le había pasado en su corta vida. No era por la madre, que no había estado lo suficiente junto a él, ni tampoco por los abuelos, que no había llegado a conocer. Se trataba, sencillamente, de que era su amiga, su confidente. Donde otras personas veían lentitud, enfermedad, pérdida... él veía futuro. Sabiduría. Protección. Ingrid era la mujer que iba a explicarle en qué consistía la vida y a desvelarle sus secretos.

—Memoriza bien todo lo que veas durante el viaje. Tráeme un pedacito de aquel mar. Tócalo por mí, ¿lo harás? Y acuérdate de fotografiar a los elfos y a los trols. Pero no los muevas de donde están, ¡son seres mágicos y pueden enfadarse!

El pequeño se abalanzó para abrazarla y le susurró algo al oído.

—Quiero pedirte una cosa, Ingrid. ¿Escribirás para mí este verano? ¿Una de tus historias? ¿Me lo prometes?

—Algo haré, sí. ¡Prometido!

Ingrid se despidió dándole cariñosos y sonoros besos en las mejillas. El chico se volvió varias veces y agitó su mano. Igual que cuando era pequeño.

Al regresar a su cuarto para guardar los últimos dibujos que le había traído el niño, su pensamiento la transportó a ese jardín soleado del que le había hablado. Imaginó la compañía de ese niño al que quería con todo su ser. Contempló una de sus láminas favoritas, la que Max le había dedicado a su peluche Elvis hacía ya tanto tiempo. Pero ella sabía que no podía, que no debía, aceptar esa propuesta. Sería insensato por su parte. Sin embargo..., algo le hacía deleitarse con ese regalo, con esa atractiva oferta. Un inesperado giro del destino. Qué maravilloso sería dejarse llevar. Hacer posible lo impensable. Acometer una última locura. Había hecho, en realidad, tan pocas en su vida...

Max se sentía orgulloso al salir de allí. No solo era la alegría por lo que acababa de decirle Ingrid, no solo era la vida mostrando sus sorprendentes facetas en sueños que van a cumplirse. Era una sensación distinta. Una satisfacción por algo que estaba fuera de él. Max no sabía lo que es el altruismo ni pensaba en qué consiste la felicidad. Ambas cosas se abrían paso en su interior de forma espontánea. No existe mejor perspectiva que ese momento perfecto. El mundo parecía hecho a su medida.

Camina decidido esquivando los charcos, ensimismado en pensamientos y sensaciones. No ve el coche que se aproxima. Todo sucede en una fracción de segundo. Sus ruedas derrapan con un sonido agudo y estremecedor, pero el suelo húmedo no permite que se detenga a tiempo. Una luz cegadora. Un golpe seco. Oscuridad. Silencio.

La gente empieza a amontonarse en torno a la escena. El hombre que conducía el automóvil tiene las manos sobre la cabeza y está sentado en el suelo, derrumbado. Destellos de ambulancias se vislumbran entre los edificios. En mitad del asfalto, la mochila de color rojo yace abierta. Los libros, desparramados alrededor, se empapan lentamente bajo la lluvia que volvía a caer, destiñendo tinta y sueños. Lluvia implacable, insensible.

Horas más tarde, Ingrid recibe una llamada del padre de Max.

Las vidas que te prometí

Habían pasado cuatro meses desde que Ingrid recibió la llamada de Frédéric. Las palabras que escuchó aquella fatídica noche de junio todavía resonaban en su cerebro, paralizando cualquier otro pensamiento. Durante varios días las repetía sin poder llegar a creerlo. No era posible. Sin embargo, el paso del tiempo certificaba esa realidad.

Ella sabía en qué consistía la vida. Sabía lo que era perder a las personas amadas. Pero esto... Esto no. Nunca le había pasado por la mente que fuese él quien se marchase primero, violando las leyes de lo que debería ser natural. Aunque, en el fondo, ella supiera que no hay normas, que no hay imposibles. Solo destinos regidos por un azar implacable.

La pérdida de Max congeló sus sentidos, le arrebató los restos de un alma que subsistía ahora maltrecha, profundamente herida. Desde entonces, solo convivía con el vacío. El tiempo tendría que haberse detenido ese día. Pero seguía imponiendo su ritmo vertiginoso e inexorable, recordándonos nuestra insignificancia.

Tantos caminos se rompieron con Max... Todos cuantos lo conocieron, todos cuantos lo quisieron perdieron su rumbo. El sentido de sus vidas. Su madre, Anne, no hallaba en los besos que le daba de más a su hija el calor que le faltaba sin él, anegada por una culpabilidad sorda cuya absolución no llegaba, a pesar del consuelo que Frédéric trataba de dispensarle mientras luchaba contra sus propios abismos. Ambos pasaron juntos el duelo. Un duelo de largos silencios y de llanto quedo, sin reproches. Cuando buscaban a su hijo en los lugares que desaparecieron con él, se miraban entre sí. Se abrazaban. Y callaban.

Ingrid rehusaba comer, decidida ya a dejarse ir. Había sido largo el camino, un continuo salto de obstáculos, a cual mayor. Pero ahora apenas le quedaban fuerzas. Con los ojos caídos contemplaba sus manos marchitas, sus piernas hinchadas y torpes. Como en tantos rostros de El Hogar, ella había podido observar esa fase de su vida. La estación sin paradas hasta el último viaje. Ahora podía comprender mejor que nunca por qué algunos se iban simplemente cuando lo deseaban. Y ella lo anhelaba para dejar de pensar. Para dejar de recordar. Para dejar de sufrir.

El padre de Max había ido a verla hacía unos días. Magda le advirtió del estado en que se hallaba, pero Frédéric insistió. Quería tan solo tomarla de la mano, acariciar el rostro de la mujer a la que su hijo tanto había querido. Agradecerle cada gesto que ella tuvo con él. En el encuentro, Ingrid apenas habló. Frédéric le había traído varios de los cuentos y dibujos de Max para que los tuviera ella. Al salir de allí, el padre se desmoronó, consciente, una vez más, del peso insoportable con el que cargaba.

Ingrid pasaba lentamente sus angulosos dedos por aquellas láminas mientras Magda le ponía una rebeca de lana por encima. A veces hablaba a solas con una de las fotografías que tenía del chico. Contemplaba su rostro dulce y la mirada azul, y aquella sonrisa que siempre sería joven. Eterna. Le preguntaba si estaba bien, si era feliz. Ojalá hubiera un cielo perfecto para él. Un mar sin fronteras, un mundo por explorar. Un lugar puro, donde no existiera lluvia capaz de borrar ningún sueño.

Tras interminables días y noches, algo que había estado luchando por materializarse en su interior despertó. Un instinto de supervivencia al que ella no había dado permiso se abrió paso con fuerza desde alguna recóndita fisura de su interior. Una demanda de origen desconocido que ella percibía como si fuera el propio Max.

«Haz que viva, Ingrid. Constrúyeme una vida.»

Las palabras cobraron forma una mañana de ese gélido otoño, cuando recordó su último encuentro y la promesa que le había hecho a aquella extraña y repentina petición, justo antes de irse. Una vida que se había ido antes de tiempo, pero que había mostrado un esplendor concentrado en cada minuto, que se había proyectado en todas las direcciones. Una pureza que ya nunca podría corromperse. Lo que los demás se llevarían de él sería un amor sin reservas, estimulante.

Era como si en ese momento lo viera todo claro, desde ese reducto convertido en su último baluarte, en cuyas paredes aún permanecían las pegatinas luminiscentes de estrellas, planetas y galaxias que un día le había regalado Max, hacía ya tantos años.

Ingrid emprendería una última misión, construiría con su imaginación una vida para él. Empezaría a escribir de nuevo, crearía historias en las que Max fuera el protagonista. Le haría vivir todo aquello cuanto le habría gustado. Lo llevaría a Marte, a las fosas marinas abisales. Lo convertiría en detective, en explorador, en músico. Lo vería crecer junto a un leal Setter. Lo casaría con una violinista pelirroja llamada Cécile. Y llenaría todas las páginas que le permitiese su vejez. Y haría que Max palpitara en ellas.

Era consciente, después de mucho tiempo, de que aún era necesaria. Ese chico le había enseñado en su breve existencia lo que no podría aprenderse en cien años. Vivir cada segundo. El presente. No podía menoscabar el regalo que le había dado, el que él en sí supuso. Había sido, en cierta forma, un maestro. No debía fallarle. Y no pensaba hacerlo.

Las manos de Ingrid temblaron al tomar el lápiz. La anciana forzó el trazo hasta conseguir enderezar la caligrafía y evitar desvelar su incipiente temblor. Lo que se había propuesto hacer era lo más importante que iba a hacer en su vida, justo cuando creía que estaba ya todo concluido...

Sintiendo una paz y una determinación repentinas, empezó a escribir.

Para Max
La curiosidad vive en su mirada...

Ingrid se aferró al recuerdo del muchacho y a sus propias remembranzas. Sentía que, al construir, prolongaba. Hallaba un consuelo lento, pero inequívoco, al dejar un pedazo de sí misma en cada texto que brotaba y concluía. La cadencia del transcurrir de los días parecía tornarse más pausada mientras surgían todas esas historias, como si llevaran una eternidad esperando.

En muchos momentos le parecía escuchar la voz de aquel niño en su interior.

«¿Qué vas a contarme hoy, Ingrid?»

Y ella siempre tenía un as en la manga, dispuesta a sorprenderlo. Alentada por palabras amadas, que confluían en su ser creando un paisaje, su imaginación despertaba enérgica en busca de la composición perfecta. No volvió a sentirse sola. No volvió a sentir miedo.

Al caer la tarde se reunía con sus viejos amigos, como solía, y observaba a los nuevos niños que llegaban a El Hogar. Pero, ahora, sabía muy bien que aceptar no es lo mismo que resignarse. Cuando alguno de los ancianos decía que no quedaba ya nada por comenzar, ella le recordaba la entereza de Helga. Y la suya propia. Reprochaba ese conformismo si este conllevaba autocompasión. Siempre había algo que se podía hacer.

Ingrid dedicó trece años más de su vida a crear novelas y cuentos para Max. Un estímulo constante para cada nuevo amanecer. Multiplicó su existencia gracias a los innumerables lectores de todos los rincones del mundo. Desconocidos con los que creó nexos más allá del tiempo o del espacio.

«Ingrid, inventa otra historia para mí...»

Y ella sentía que Max la instaba a seguir, a no desfallecer.

A sus noventa y siete años echaba la vista atrás. Generaciones de niños habían desfilado por la residencia. Cuántos Max habría habido entre aquellos «ejércitos de salvadores», como se los llamaba en El Hogar. Para ella, él siempre fue único.

A Ingrid le habría gustado saber que lo último que visualizó Max fue su sonrisa. Quizá, desde algún lugar, aún lo haga. En algún lugar donde también Thomas y Helga bailan eternamente en la Sala de Nogal.

ÍNDICE

Prólogo 9

PRIMERA PARTE

La curiosidad vive en su mirada 13

OTOÑO

Ingrid 19
Max 25
Una fila de niños de la mano 29
La mujer de la rebeca violeta 33
Un koala y un ratón 37
El banco de madera 41
Amaneceres 45

INVIERNO

Qué les ha pasado a tus manos 51
Atarse los cordones 57
Las gemelas 61
Ecos de un viejo piano 65
No tengas prisa 71
Pequeños objetos 75

PRIMAVERA

Un soplo de brisa 81
Vivir de recuerdos...................... 85
Historias 89
El pajarito 97
Conexiones 101
Vestidos de época 105
El aniversario 109

VERANO

Promesas de verano 117

SEGUNDA PARTE

30 de diciembre....................... 125
14 de enero 131
28 de enero 139
7 de febrero 143
19 de febrero 149

3 de marzo	153
16 de marzo	159
24 de marzo	163
13 de abril	167
20 de abril	171
3 de junio	175
Las vidas que te prometí	187

Su opinión es importante.
En futuras ediciones estaremos encantados
de recoger sus comentarios sobre este libro.

Por favor, háganoslos llegar a través de nuestra web:

www.plataformaeditorial.com

Para adquirir nuestros títulos,
consulte con su librero habitual.

«I cannot live without books».
«No puedo vivir sin libros».
THOMAS JEFFERSON

Desde 2013, Plataforma Editorial planta un árbol
por cada título publicado.

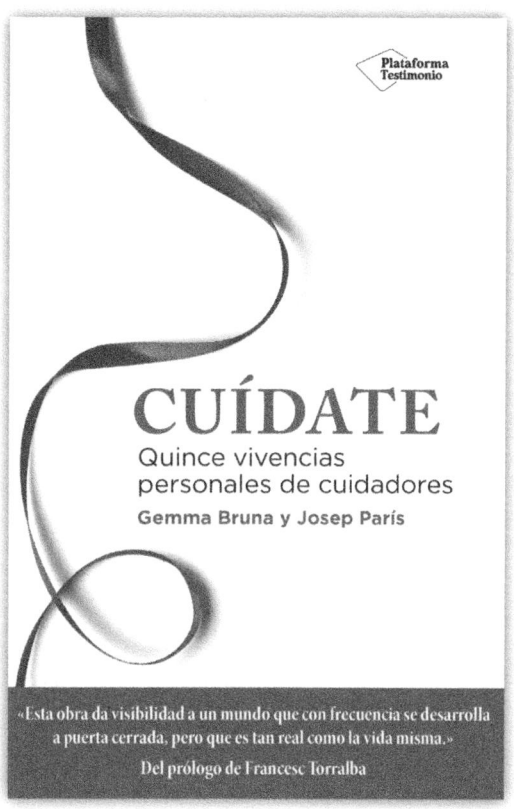

Con humanidad y cercanía, *Cuídate* da voz a la lucha, los valores y el esfuerzo de los cuidadores y ofrece consejos para que los lectores no olviden que, además de ayudar, también es muy importante cuidar de uno mismo.